Sprich mich an...

Heike Jakobs

Buch

Die „Wartezone" und auch die Arztbesuche gehen weiter...

Mein Buch: „Nur mal schnell zum Nachgucken" konnte nicht richtig beendet werden, da es noch kein wirkliches Ende gab. Vielmehr muss ich hier erklären, dass es zum Fertigstellen und Drucken des Buches noch kein Ende meiner Odysee mit Operationen, schlechtem Heilungsverlauf und Arzt- bzw. Klinikbesuchen in Sicht war. Deshalb habe ich mich entschlossen - auch aufgrund der Leserschaft – diesen sogenannten 2. Teil des Buches zu schreiben und zu veröffentlichen.

Ich nehme Sie auf eine Reise mit, die von lustigen und nachdenklichen Erlebnissen während meiner Behandlung nach meinem unglücklichen Sturz im Juli erzählt. Viele Menschen habe ich in dieser Zeit kennengelernt: merkwürdige bis seltsame, witzige oder einfach nur liebenswerte und nette Personen. Meine gesammelten Erfahrungen habe ich zusammengefasst und Sie halten ein weiteres Büchlein zum Schmunzeln und Nach- bzw. Überdenken in Händen.

Auch nach so einer langen Behandlungszeit bin ich ein immer noch positiv denkender Mensch und sage auch heute:

Das Leben ist schön.

Impressum

© 2015 Heike Jakobs

Karikatur und Zeichnung: Jasmin Becker

„Herstellung und Verlag: BoD – Books on Demand, Norderstedt"

Die Deutsche Nationalbibliothek verzeichnet diese Publikation in der
Deutschen Nationalbibliografie; detaillierte bibliografische Daten sind im
Internet über www.dnb.de abrufbar.

ISBN 978-3-738-64217-9

Ich habe alle Zeit der Welt

oder so ähnlich….

… sprechen Sie mich an und Ihnen kann geholfen werden

Mitte Dezember

Reha-Beginn

Nach nun fünf Monaten wurde meine ambulante Reha eingeleitet und ich freute mich darauf, dass es voran geht. Erwartungsvoll ging ich an meinem ersten Tag in diese Reha-Einrichtung. Ausgestattet mit kurzen Trainingshosen, lockerem T-Shirt und guten Hallen-Turnschuhen konnte ich starten. Doch zuvor bekam ich eine Einweisung. Ein nettes Gespräch mit dem Trainer, anschließend die Einstellung der für mich in Frage kommenden Geräte und dazwischen musste die Krankengymnastik eingeplant und durchgeführt werden. Wie schön, wenn alles in einem Haus stattfinden kann.

Streck-, Dehn- und Lockerungsübungen stehen ab diesem Tag täglich auf dem Trainingsprogramm und es machte mir Spaß, meinen Heilungsprozess voranzutreiben.

Jedoch ist jede Übung für mich ungewohnt, anstrengend und ich muss mich daran gewöhnen, dass dies nun für die nächsten vier Wochen meinen Tagesablauf bestimmen wird.

So fuhr ich guten Mutes und mit Motivation nach Hause, damit ich meiner Familie das Wesentliche berichten konnte.

Denn jetzt wird was getan, es kann nur noch besser werden und bergauf gehen. Ich will doch bald wieder richtig fit sein und wie schon im Buch zuvor beschrieben: Meinen ganz normalen Alltag wieder leben können. Das ist mein Ziel und Ziele sind besonders in einer so langwierigen Behandlungszeit sehr wichtig.

Meine Stirn

Der nächste Tag kam und ich packte meine Sporttasche. Anschließend machte ich mich auf den Weg zur Reha-Klinik. Meine Aufwärm-Übungen konnte ich alleine beginnen und so ging ich erst einmal auf das Fahrrad, welches für mich eingestellt werden musste. Das macht mir Spaß, obwohl ich hier immer Mühe habe, meinen Fuß so zu bewegen, wie ich gerne möchte, es aber nicht wirklich so klappt. Jeder, der sich hier auf der Trainingsfläche aufhält, hat seine Wehwechen, mal größer oder kleiner. Alle können ihre Geschichte erzählen, der eine kürzer gehalten, andere dagegen müssen ihr ganzes Leben in einer kurzen Verschnaufs- oder auch Trinkpause erzählen und mir (!) kundtun.

Tja, warum denn mir? Es gibt viele nette andere Personen, die bestimmt auch zuhören würden, aber nein: Ich werde angesprochen, egal ob beim Training, in einer kurzen Trinkpause oder beim schüchternen Gähnen, wobei ich dachte, es sieht keiner. Ich habe das Gefühl, dass ich mich manchmal alleine auf der großen Trainingsfläche befinde und keiner sonst anwesend ist, um angesprochen zu werden. Ich habe keinen Schriftzug auf meiner Stirn stehen, der etwa lautet: Sprich mich an, ich habe doch alle Zeit der Welt – oder so ähnlich. Ha ha, nein, dieser Schriftzug fehlt bei mir, aber nichtsdestotrotz: Ich höre zu, gebe ab und zu meinen Kommentar ab und bin eben eine freundliche Person.

So viele Geschichten, die es gibt; so viele verschiedene Menschen sieht man täglich: Dicke, Dünne, perfekt geschminkte Frauen und natürlich auch Männer, die mehr zeigen, als gut ist…. Aber es nützt alles nichts: Augen zu und auch da muss ich durch! So begebe ich mich nach der Aufwärmphase auf die Trainingsfläche und schaue, dass ich meine Dehn- und Lockerungsübungen alleine absolvieren kann, bevor die Trainingseinheiten an den Geräten abgehalten werden müssen.

Spaß ist das nicht wirklich, denn es ist alles sehr mühsam, meine Muskeln sind nach so einer langen Ruhepause völlig schlaff und nix – absolut nix mehr – gewöhnt. Die Kilos, die ich vorher im Sportstudio in meiner Glanzzeit vor dem Unfall geschafft habe, bleiben vorerst ein Wunsch-Traum. Bin einfach nur froh, wenn ich überhaupt ein Kilo - oder besser Kilöchen - schaffe.

Das ist die bittere Wahrheit und wieder mal denke ich: Mühsam ernährt sich das Eichhörnchen. Aber aufgeben werde ich nicht, ich will doch wieder auf meine Füße kommen.

Gewinn

Da ich viel Zeit für mich und meine Gedanken habe, viele Bücher lesen kann und auch die Zeitung noch intensiver und aufmerksamer durchgehe als gewöhnlich, nehme ich fast an jeder Verlosung, die angeboten wird, teil. Und schwupp-di-wupp, hat es wieder mal geklappt, dass ich Karten für eine etwas andere Lesung gewonnen habe. Das war wieder Abwechslung in meinem doch schon fast ½-jährigem Daheim-Sein. Meinem Mann berichtete ich von dem Gewinn und lud ihn herzlich ein, mit mir diese Lesung zu besuchen. Es war eine Lesung über die „Buddenbrooks", genauer gesagt: Weihnachten bei den Buddenbrooks. Dazu möchte ich erklären: Buddenbrooks: Verfall einer Familie (1901) ist das früheste unter den großen Werken Thomas Manns und gilt heute als der erste Gesellschaftsroman in deutscher Sprache von Weltgeltung. Er erzählt vom allmählichen, sich über Generationen hinziehenden Niedergang einer wohlhabenden Kaufmannsfamilie und illustriert die gesellschaftliche Rolle und Selbstwahrnehmung des hanseatischen Großbürgertums in den Jahren von 1835 − 1877 (Quelle: de.m.wikipedia.org/wiki/Buddenbrooks).

Es war ein sehr schöner, amüsanter Abend und ich habe gelernt, solche Momente und Eindrücke intensiver wahrzunehmen als vor meinem Unfall.

Einfach mal rauskommen, mit dem Liebsten gemeinsam Zeit verbringen sowie neue Leute treffen und nette Gespräche führen, die sich nicht nur um Arztbesuche, Krankheiten und Wartezeiten handeln – das tut mir gut.

Weihnachten stand vor der Tür! Trotz der vielen und nun regelmäßigen Reha- und Krankengymnastik-Terminen freute ich mich auf Weihnachten im Kreise meiner Lieben.

Juhhhuu, es stehen keine Termine an zwischen den Feiertagen, ebenso keine in der ersten Januar-Woche. Das neue Jahr beginnt etwas langsamer.

Man lernt, seine Gedanken zu ordnen, früher gedachte Wichtigkeiten auf Kleinigkeiten einzustufen und im Hier & Jetzt zu leben. Da kommt mir ein schöner Spruch in den Sinn: „Wer das erste Knopfloch verfehlt, kommt mit dem Zuknöpfen nicht zurande!"

Wie wahr, denn man macht sich über alles und jeden doch viel zu viele Gedanken und man erkennt oder muss im Laufe seines Lebens erkennen, dass nicht alles planbar und voraussehbar ist. Meist kommt es anders als gedacht und ich musste lernen, meinen Alltag umzustellen, auf meinen Körper zu hören und viele geplante Vorhaben zu ändern, zu verlegen oder gar ganz zu streichen.

Weihnachten

Es ist wie jedes Jahr: Die Menschen rennen umher, machen Besorgungen, gehen einkaufen und verpacken Geschenke und dabei hat Weihnachten „nur" 3 Tage, an denen man meint, die Welt ginge unter und für die nächsten 3 Wochen hätten alle Geschäfte geschlossen. Doch wie schnell ist alles wieder vorbei!

Mein Weihnachtsfest war gespickt mit leckerem Essen, guten Gesprächen und nettem Beieinandersitzen im Kreise der Kinder und Geschwister sowie meinem Papa. Einfach völlig entspannt und ruhig. Kein Stress, Hektik oder Unstimmigkeiten. In der Kirche war ich dieses Weihnachtsfest am 1. Feiertag. Denn das tut mir gut und Kristina, meine jüngste Tochter, begleitete mich und man hängt seinen Gedanken nach und ich nehme alles - tja wie soll ich es beschreiben?- irgendwie intensiver wahr. So auch die Predigt, die wunderbar in das eigene Leben eingebaut werden kann.

Es gibt viele Gegebenheiten, die unwichtig werden, denn ich habe den Wunsch, wieder fit zu werden, meinen Alltag einfach alleine und wie gewohnt meistern zu können. Dadurch rücken andere Prioritäten in den Vordergrund. Man kann sich über bestimmte Dinge ärgern (wie zum Beispiel die Vordrängler an der Kasse, das lange Warten im Arztzimmer, bei frisch eingekauften Mandarinen und zu Hause die faulen Früchte entdecken zu müssen und noch vieles mehr). ABER: man kann es auch lassen, den Kopf schütteln und weiter machen. Denn: ändern kann ich durch Mich-Ärgern auch nichts, im Gegenteil, es beansprucht nur unnötig meine Nerven und das ist für alle nicht gut.

So komme ich zu einem für mich neuen Entschluss: Ich versuche so gut es geht, jeglichen Ärger an mir vorüber ziehen zu lassen und möglichst, mich nicht aufzuregen.

Einfach lächeln und sich sagen: Der Tag ist schön und ich genieße ihn!!

Denn mein Gesund-Werden steht absolut im Vordergrund und dafür muss ich fleißig mitarbeiten.

Silvester

Tja, auf Weihnachten folgt wie jedes Jahr Silvester. Dieses wird meiner Meinung nach mittlerweile völlig überbewertet!! Machen wir einen Skiurlaub oder fliegen wir doch lieber ins Warme? Oder kurz mal nach New York „jetten" (mit einem Jet an einen bestimmten Ort bringen lassen; Quelle: duden.de) und sich zu anderen ähnlichen verrückten Ideen hinreißen lassen .... Es gibt viele Möglichkeiten, es an Silvester richtig krachen zu lassen oder aber „nur" gemütlich zu Hause zu verbringen. Die andere Variante: wenn man nicht alleine zu Hause bleiben will und die Familie sonst immer um sich herum hat, lässt man sich einladen und feiert mit lieben Freunden. So hatten wir es in diesem Jahr meiner Unselbstständigkeit und gewissermaßen Abhängigkeit angedacht und das Angebot treuer Freunde wahrgenommen. Hier muss ich anmerken: Gutes Essen, leckere Getränke sowie der süße Nachtisch dürfen nicht fehlen und es wurde eine lockere Feier hinein in den Jahreswechsel, mit netten Leuten und entspannter Atmosphäre. Mit einfach guten Wünschen und vor allem einen großen Sack

Gesundheit. Diesen hätte ich gerne sofort und für die kommenden 12 Monate des neuen Jahres eingepackt.

Silvester ist der Teil des Jahres, an dem die meisten guten Vorsätze getroffen werden.

Ein neues Jahr = gespickt mit vielen neuen Vorhaben, wovon die wenigsten durchgesetzt werden können bzw. es am nötigen Willen fehlt. Warum auch? Es ist doch so schön bequem in seinem Trott zu bleiben... Der Mensch ist ein Gewohnheitstier, wie man sagt. Tja, der einfache Weg ist doch gut – oder?

Deshalb zu Silvester: Ich setze mir keine neuen Vorsätze, auch diesen ganzen Quatsch mit Abnehmen, mehr Sport und und und. Immer das gleiche Gerede, nichts will man wirklich ändern, ebenso sich nicht für Dinge krummlegen, die nur unbequem werden können.

Es stellt sich sehr oft heraus, dass nicht alles umsetzbar ist, denn das Leben ist nicht wirklich planbar, man hat zwar Einfluss auf das eine oder andere, aber: Die Realität ist stets gegenwärtig und so manche Dinge funktionieren nach bestimmten Ereignissen nicht mehr und der Alltag muss darauf ein- bzw. umgestellt werden.

Sicher, es ist kein leichter Prozess, aber in meinem Fall zeigte <u>mein</u> Körper eindeutig, welche Wünsche oder Vorhaben realisierbar sind oder erst in ferner Zukunft nur erreichbar erscheinen.

Sind wir mal ehrlich: Nach dem Unfall hat sich meine Sichtweise dahingehend noch bestärkt, dass zu viele Termine, Änderungen und auch Pläne – meist schon weit im Voraus - den Alltag und das Leben auf keinen Fall bestimmen sollten.

Aber wehe, es läuft nicht so, wie gewohnt… Ich habe nun schon seit einem halben Jahr meinen normalen Trott ablegen müssen. Mir blieb gar nichts übrig. Aber nichtsdestotrotz, es muss immer nach vorne geschaut werden und der Weg ist mein Ziel. Aber so leicht geht das nicht, es dauert eben alles seine Zeit und so auch bei mir. Dies wurde mir immer wieder mit neuen Erlebnissen bewusst gemacht und mir meine Grenzen körperlich, psychisch und auch mental aufgezeigt.

Neues Jahr

– neues Glück?

Die Zeit bleibt bekanntlich nicht stehen. So kam der Jahreswechsel und es ging bei mir im gewohnten Trott – der Trott der letzten 6 Monate – weiter. Meine Arzttermine waren weiterer Bestandteil der Wochentage, auch die begonnene Reha-Maßnahme wurde fortgeführt.

Januar

Woche 24

Meine Reha wurde in der zweiten Januar-Woche fortgesetzt und somit hatte ich ständig meine wiederkehrenden Termine. Ich war schon gespannt, was mich erwartete. Denn so viele unterschiedliche Menschen trifft man selten in einem Raum. Es ist spannend und zugleich sehr amüsant, denn ich habe in der Zeit viele viele Menschen angetroffen, gesprochen und somit auch meine bleibenden Eindrücke mitgenommen und kann sie hier mitteilen.

Die Trainingsfläche ist stets gut gefüllt, es spielt keine Rolle, welcher Wochentag es ist. Selbst am Samstag ist geöffnet und auch ich musste an diesen Tagen früh um 8 Uhr beginnen. Doch ich hatte meinen Vorsatz, bald wieder fit zu sein und so war ich stets mit Motivation dabei, um den Heilungsprozess zu beschleunigen.

Bäuchlein/Bauch

So auch an diesem Tag: Die Menschen kamen, verrichteten ihre Übungen, gingen und es kamen neue Gesichter. Ich frage mich nur, ob mancher in den Spiegel schaut, bevor sie aus dem Haus gehen bzw. überlegen, welche Kleidung man zum Sport anzieht. Nein, so manch einer übersieht es oder denkt sich nichts, absolut nichts dabei, wie er rumläuft und den Mitmenschen einen witzigen oder auch erschreckenden Anblick bietet. Männer mit Bäuchlein muss es geben, ebenso wie kräftige Frauen. Jedoch muss ich mein T-Shirt in die Hose stecken? Oder beim Bücken und bestimmten Übungen guckt das „Bäuchlein", nein kein Bäuchlein - es war schon ein Bauch - heraus? Nein, das muss wirklich nicht sein. Und mit ganz viel Glück sieht man die Po-Falte (uh... das geht ja gar nicht!). Aber es kommt noch besser: Man zieht die Strümpfe hoch bis fast ans Knie, der modernste Schrei oder hab' ich was verpasst (hahaha)? Und dann eine schick gestreifte Bermuda-Hose – die war wohl in den 90-iger Jahren hoch aktuell... kombiniert mit einem T-Shirt mit Totenkopf. Naja, so manch einer kommt eben mit seinem mittleren Alter nicht wirklich zurecht.

Aber das Beste, der absolute Lach-Flash kam noch kurz darauf: Ein netter, gepflegter und gut angezogener Mann erschien auf der Trainingsfläche und hatte locker ein Handtuch über die Schulter gehängt. Da spricht absolut nichts dagegen, denn die Geräte sollten nur mit Handtuch bedient werden, das ist einfach hygienischer. Doch dieses Handtuch war mit der Tigerente von Janosch bedruckt. (bedeutet: Die Tigerente ist eine populäre Figur des Zeichners und Künstlers Janosch. Sie hatte ihren ersten Auftritt in dem Kinderbuch „Oh, wie schön ist Panama", welches am 15.03.1978 veröffentlicht wurde. Die Tigerente ist ein

Spielzeug aus Holz, das auf Rädern rollt und an einer Schnur gezogen wird. Sie hat die Form einer Ente und besitzt ein tigerartiges Streifenmuster. (Quelle: wikipedi.org/wiki/Tigerente). Ach wie süß... Ich schaute darauf und musste schnell die Trainingsfläche verlassen, denn ein lautes herzliches Lachen konnte ich mir nicht verkneifen. Aber daran sieht man, dass es auch witzige Erlebnisse bei solch einem Tagesablauf gibt. Nicht nur heraushängende Bäuche und hochgezogene Socken. Hier möchte ich anmerken, dass die Frauen überwiegend fast alle perfekt geschminkt waren, ebenso top gekleidet – viele auch nur in Markenklamotten – (da ist man was – oder so ähnlich..) Doch ich gehörte nicht dazu! Ich kann nicht geschminkt auf die Trainingsfläche gehen, denn ich schwitze viel zu sehr und so würde mir alles aus dem Gesicht laufen. So bin ich immer nur als ich selbst gegangen, das heißt: ganz normal mit Trainingshose, lockerem T-Shirt ohne irgendeinen Schnick-Schnack oder Glitzeraufdruck (muss schließlich meine Übungen machen und mich gut bewegen können). Ich bleibe ich selbst und werde mich nicht verstellen, nur weil viele anders sind oder es sein wollen. Dennoch gibt es auch viele andere, die ganz natürlich bleiben und nette Gespräche führen.

Parkplatz

Als Glück bezeichnete ich die Selbständigkeit, wieder Auto fahren zu können. So nahm ich meine Termine eigenständig wahr. Ja, Sie lesen richtig: Das eigenständige Autofahren ist für mich ein Glück, welches für jeden anderen die normalste Sache der Welt ist: Ins Auto rein und losfahren.

Deshalb genieße ich diese Unabhängigkeit und schätze diese kleinen Dinge des Lebens, die mir den Alltag erleichtern.

Das Auto meiner Tochter, ein kleiner Suzuki, ist praktisch, sparsam und kommt in jede Parklücke hinein. So auch zwischen den ganz Großen: Porsche Cayenne, VW-Touran, Mercedes und und. Man kommt sich vor, als fahre man in einen Autopark. Ist schon witzig, wenn man sein „Autochen" in der Lücke zwischen den neuen, schicken und teuren Autos parkt. Doch sehen kann man es zwischen den Edelkarossen eher nicht mehr, denn ist fast unsichtbar und wie verschluckt bei all den Großen. Aber ich bin so froh, dieses zu haben und es zeigt mir wieder mal: Dies sind auch nur Nebensächlichkeiten.

Türkei

Während des Kontrolltermins beim Durchgangsarzt fragte ich nach, ob ich mit meinem Mann einen Türkei-Urlaub buchen könne. Dieser sei erst für Mitte Juni vorgesehen. Dies wurde zur Freude meinerseits bejaht und so machte ich mich drei Tage später auf den Weg ins Reisebüro und buchte unseren zweiwöchigen Urlaub in die Türkei. Das Hotel kannten wir schon, denn wir waren schon zweimal mit unseren Töchtern dort.

Juhu, da kam Freude auf: Sommer, Sonne, schwimmen gehen ohne Schmerzen und vor allem eine schöne Zeit mit meinem Mann verbringen und den Alltag und die letzten sehr anstrengenden Monate zurückzulassen und vorwärts zu blicken.

Dies waren wieder meine Gedanken:

Mitte des Jahres wird es endlich gut. Mitte Februar war meine Wiedereingliederung angedacht, Mitte Juni fliege ich in Urlaub und Anfang Juli kommt meine Tochter aus Australien zurück und das Leben geht wieder seinen normalen Trott.

Dachte ich so bei mir, in meinem Kopf spukten die positiven Gedanken herum, doch es kam natürlich anders!! Denn sonst wäre hier mein Buch fertig und alles wäre gut. Friede, Freude und Eierkuchen. Doch so einfach sollte es bei mir einfach nicht laufen.

Auszahlungsschein

Ich brauche für die Auszahlung meines Verletztengeldes (Das Verletztengeld ist eine Entgeltersatzleistung der gesetzlichen Unfallversicherung nach Arbeitsunfällen oder Berufskrankheiten. Quelle: wikipedia/verletztengeld) einen Auszahlungsschein, der vom Arzt ausgestellt wird. Der Schein bestätigt die Dauer der Arbeitsunfähigkeit und Art der Erkrankung, ich erhalte ihn vom Durchgangsarzt. Doch dort wurde mir erklärt, dies habe vorher der zuständige Arzt in der Notaufnahme gemacht, also bitte dorthin. Alles kein Problem... ich kann ja fahren. Der Tag ist lang genug.

Oder? Nur wieder ein Wunschgedanke.

Ja, wäre nicht unsere gute Bürokratie, die manches sehr langatmig werden lassen kann und Nerven kostet. Also fahre ich zum Krankenhaus und gebe den Schein an der Anmeldung ab, mit der Bitte, ihn mir ausgefüllt zurückzugeben. Ja, ich solle doch später bzw. den nächsten Tag nochmal kommen, um diesen Schein abzuholen. *„Was? Das ist wohl nicht Ihr Ernst"*, entgegnete ich der netten Schwester. „Nein, ich warte hier und jetzt, gehe nochmal auf Toilette und komme zurück und nehme diese Bescheinigung mit!"

Die Schwester hatte ein Einsehen und vertröstete mich, doch Platz zu nehmen. Sie wollte den Schein unterschreiben lassen.

Was soll ich hier noch ergänzen? Es kam, wie es kommen musste. Ich wartete genau eine dreiviertel Stunde! Und dann wurde ich gnädigerweise in ein Behandlungszimmer gebeten. Dort erwartete mich der bekannte Dr. König, welcher mir dann sagte, er fülle dies nun aus. Es ist nicht zum

Aushalten!! Um diese Bescheinigung mit ganzen 3 Wör-
tern, die aus: Diagnose, Datum und Unterschrift bestanden, zu erhalten, musste ich eine ¾ Stunde warten.

*Ich frage mich des Öfteren, was hier – in der Regel ganz
zügig zu erledigende Arbeitsschritte - alles so falsch läuft.
Was unnötig viel Zeit in Anspruch nimmt, aber auch hier
kann ich nichts dagegen machen und muss mich fügen
bzw. geduldig warten.*

Opis

So mache ich mich, ohne jeglichen Zeitdruck, auf den
Nachhauseweg. Doch heute haben Opis mit Hut auf der
Rücklage ihren Raus-in-die-Natur-Tag. Die vorgeschriebenen 30 km/h durch die kommende Ortsdurchfahrt muss
man noch etwas drosseln, denn ein Golf hat doch etwa die
Breite eines LKWs – musste ich leider annehmen - und so
muss bei jedem entgegen kommenden Auto angehalten
werden. Aber dies sind Dinge, über die ich mich nun wirklich nicht mehr aufregen werde und es gelassen hinnehme
und so fahre ich gemütlich hinter diesem Golf des Opis

her, der genau seine 20 km/h einhält. Doch, man glaubt es kaum: Nach der Ortsausfahrt erinnert er sich an das Gaspedal und ab geht's. Zügig und in der vorgeschriebenen Geschwindigkeit erreiche ich dann meinen Wohnort.

Ende Januar

Meine Termine laufen weiterhin so fort. Die Reha-Klinik-Termine finden regelmäßig vier bis fünfmal pro Woche statt und ich bemühe mich, immer mein Bestes und noch Besseres zu geben. Doch auch diese Zeit nähert sich dem Ende und ich schaue hoffnungsvoll auf meine bevorstehende Wiedereingliederungszeit, welche heute Arbeitsbelastungserprobung genannt wird. Diese ist nach einem ausführlichen Gespräch mit den Ärzten und dem betreuendem Reha-Manager für Mitte Februar geplant.

Na also: Kann doch nur aufwärts gehen. Die Zeit läuft weiter und so auch meine Fortschritte.

Obwohl....

... ich von den Schmerzen her nicht wirklich Fortschritte

mache. Die Schmerzen bestehen und dieser Ist-Zustand,

behagt mir ganz und gar nicht.

Zusätzliche Termine

Woche 26

Aber gut, der zu vereinbarende Termin mit meinem Chef zwecks Besprechung der Arbeitstage und Stundenanzahl steht noch offen und irgendwie bin ich nervös oder eher gespannt, nach so langer Abwesenheit wieder meine Arbeitsstelle aufzusuchen. Natürlich kam auch dieser Tag und ich sah sehr hoffnungsvoll dem bevorstehenden Gespräch entgegen. Dieses wurde sehr nett und klärend geführt und so hatte ich wieder einen neuen Termin – mein erster Arbeitstag! Dieser war für Anfang Februar angedacht. Ich hatte nun – nach 7 Monaten – einen neuen Termin im Kopf und dick im Kalender angemarkert, auf den ich mich sehr freute.

Fasching

Februar - Woche 29

Zu meiner weiteren Freude stand die Generalprobe unseres Faschingsvereins bevor. Leider konnte ich in dieser Kampagne nur als Zuschauer teilnehmen, aber so konnte ich meinen Mann und auch meine Tochter wenigstens in der Probe bewundern. Tja, so ist es eben, aber ich muss mich gedulden, bis ich mit meiner Büttenredner-Partnerin wieder selbst auf der Bühne stehen kann.

Wie schon vormals erwähnt: Die Geduld ist zu meinem engsten Freund in dieser so langen Behandlungszeit geworden.

Aber auch die aktive Zeit wird kommen und so nehme ich die kleinen Begebenheiten glücklich an.

Ich muss gestehen, es ist wie bei einem kleinen Kind: Der Geburtstag rückt näher und die Erwartung für das Geschenk wächst. So ist es bei mir in der Faschingszeit. Erst die Proben und all die Vorbereitungen und als Highlight die kommenden Auftritte.

Diese Kampagne geht für mich ganz ruhig vorüber. Keine Teilnahme an den Prunk- und Fremd-Sitzungen, ebenso keinen Ausflug mit der Frauen-Clique zur Weiberfaschings-Sitzung. Nein, dieses Mal ist für mich die Faschings-Kampagne komplett gestrichen. *(Welch ein Jammer...)*

Ich leide ganz schön, aber wieder der bekannte Satz: Ich kann es nicht ändern und muss mich auch dieses Mal einfach nur fügen und auf bessere Zeiten hoffen. Diesen sehe ich natürlich nur positiv entgegen.

Ereignisse

Auch das Telefonieren kommt in dieser ganzen Zeit nicht zu kurz. Nach einem anstrengenden Training freue ich mich auf meine Pause auf der Couch und dann lasse ich das Telefon glühen.

So auch an diesem Mittag. Ich melde mich immer wieder bei meinen Arbeitskolleginnen und werde mit Neuigkeiten versorgt. Dies gibt mir das Gefühl, doch irgendwie und trotz meiner Abgeschiedenheit am Arbeitsleben teilnehmen zu können und nicht ganz weg vom Schuss zu sein. So musste ich mit Erstaunen feststellen, dass eine meiner Arbeitskolleginnen mittlerweile in der Zeit meines Daheim-Seins geheiratet hat, ihre Schwangerschaft beendet und das Kind bekommen hat und sich nun in Mutterschutz befindet. Unglaublich, aber doch die Realität.

Mit dieser Mitteilung wurde mir meine lange Krankheitsabwesenheit noch stärker bewusst und ich sehe für mich noch nicht den sogenannten Silberstreifen am Horizont.

Februar

Woche 30

So gehen die Tage und Wochen immer weiter. Die Besuche meiner lieben Freundinnen bleiben zum Glück bestehen und sie haben mich auch nach so langer Zeit nicht vergessen und kommen gerne vorbei oder holen mich auf einen Kaffee ab.

So auch an diesem Morgen. Heute hatte ich einen neuen Kaffee-Besuch. Meine Freundin Marina hatte sich angemeldet und ich habe mich sehr darüber gefreut. Sie ist eine schmale blondhaarige Frau, vom Wesen ruhig, doch eine sehr gute Gesprächspartnerin- und zuhörerin. Leider hatten wir in dem letzten halben Jahr – seit meinem Unfall - nicht wirklich viel Kontakt (worüber ich auch betrübt war, aber gesundheitliche wie persönliche Probleme gibt es immer wieder und so manches lässt sich nicht ändern bzw. in diesem Fall erklären). Deshalb war unser erstes ausgiebiges Treffen mit leckerem Käffchen Balsam für die Seele. Gute Gespräche, nicht nur über meine Misere, tun einfach gut und der Tag fühlt sich nicht ganz so lange an.

Anfang März

Meine Schmerzen waren nicht wie weggeblasen, im Gegenteil: sie waren für mich ganz und gar nicht akzeptabel. Deshalb wurde durch meinen Reha-Manager ein Termin in einer anderen Klinik vorgeschlagen. Dort sollte ich mich vorstellen und eventuell auch noch andere Behandlungsmöglichkeiten gefunden werden.

Der Ursache auf den Grund gehen. Na das war doch was! Da bin ich auf jeden Fall dabei.

Diesen Termin nahm ich wahr und es wurde festgehalten, dass noch nicht zu beurteilen sei, wann ich arbeitsfähig bin. Gegebenenfalls steht noch eine Operation bevor.

Was? Wie? Diesen Satz habe ich schnell wieder gestrichen. Nie gehört, gilt nicht für mich.

Ich müsse weiter Krankengymnastik machen und auch Lymphdrainage erhalten und dann schauen wir, wie sich der Gesundheitszustand entwickelt und bekam einen neuen Vorstellungstermin.

So verließ ich mit einem unguten Gefühl die Klinik und musste wieder einmal nur der Dinge harren, die da kommen sollten. Mir blieb wieder mal nichts anderes übrig als Abwarten.

Schmerzklinik

Woche 32 & 33

Meine Termine für die Krankengymnastik, ebenso die Arzt- und Klinikbesuche bestehen weiterhin. Doch die Tagesgestaltung stellt man sich bestimmt anders vor: Aber hier gilt wieder: Ich muss da durch.

Mir wurde vorgeschlagen, eine Schmerzklinik aufzusuchen und ich nahm dankend an. So war ich gespannt auf diesen neuen Termin. Eine nette Ärztin begrüßte mich und ich erzählte ihr von meinem Sturz, die Behandlungen, OP's und ebenso die verbliebenen Schmerzen. Meine ganze Geschichte rollte ich nochmals auf. Die Eintragung in ein Schmerztagebuch mit einer Schmerzskala von 1 – 10 bekam ich als Hausaufgabe mit. Zu dieser Zeit war mein Schmerzpegel am Höchststand 10 angelangt und es musste eine Änderung herbeigeführt werden. Denn Schmerzen sind nicht gleich Schmerzen. Ich kann schon gut was aushalten, doch mit Schmerzen aufzustehen, nicht gescheit laufen zu können bzw. alles nur unter Schmerzen bewältigen zu können und abends so ins Bett zu gehen, ist auf Dauer nicht tragbar. So wurde ein Tablettenplan erstellt, gleichfalls ein neuer Termin vereinbart. Mit dem Tagebuch und den Rezepten in der Handtasche ging es auf den Nachhauseweg.

Nun kommt also ein weiterer Termin dazu, aber wenn es hilfreich ist und mir dadurch besser geht, nehme ich auch diesen in Kauf.

Apotheke

Zu Hause angekommen, stand der direkte Weg in die Apotheke an Es handelte sich um die Apotheke hier in meinem Wohnort Ober-Rosbach (Limes Apotheke). Dort wurden die Sachen bestellt bzw. vorhandenen Arzneien ausgehändigt.

Dank der guten Beratung meiner Apothekerin konnte ich schon bei früheren Anliegen auf pflanzliche bzw. homöopathische Mittel zurückgreifen, wofür ich sehr dankbar war. Dort hatte man immer ein offenes Ohr und es wurde auch nach Alternativen gesucht, für die ich jederzeit empfänglich bin. Diese Apotheke hatte meine „Geschichte" von Anfang an mitbekommen, da ich alle Medikamente dort bezog und auch den Lieferservice nutzte. Doch dieses Mal gibt es nicht viel an Alternativmöglichkeiten, die Schmerzen sind zu groß und heftig. Da müssen einfach andere Geschütze aufgefahren werden. Ich hoffte auf eine bestimmte Zeitbegrenzung, weil eine dauerhaft so starke Medikamenteneinnahme überhaupt nicht meins ist und ich dies meinem Körper oder auch meinen Organe nicht zumuten kann, vielmehr möchte. Doch heute ist vorrangig, mal schmerzfrei aufzustehen, den Tag (fast) schmerzfrei erleben zu dürfen und sich auch ohne schmerzende Körperteile wie ein ganz normaler Mensch ins Bett legen zu können.

Da rede ich von „normal". Was ist „normal"? Mir stellt sich da schon die Frage, denn ich kann nicht einfach schnell und „normal" ins Bett gehen. Es dauert alles länger, weil die ständigen Schmerzen meine Begleiter sind und so vieles sehr mühsam und umständlich erscheinen lässt. Nur solche ganz „normalen" Verrichtungen des alltäglichen Lebens funktionieren nicht „normal" und lassen mich ganz schön ins Grübeln geraten. Alles was vorher –

nun schon fast 8 (!!) Monate – mühelos erledigt wurde und auch als selbstverständlich genommen wurde, geht einfach nicht mehr.

Fuß lädiert ...

Als ich soweit alle Medikamente hatte, wieder Trost und Rat bekommen hatte, kam ein Bekannter in die Apotheke und begrüßte mich mit: „Ei Du bist ja immer noch lädiert....“

Puh, da hatte ich ja absolut kein Verständnis! Lädiert, nee, wie kommt er denn darauf? Für jeden sichtbar, mit Krücken ausgestattet und Rucksack auf dem Rücken, dass ich einigermaßen vorwärts kam. Man o man, überlegen wäre vor dem Sprechen manchmal besser...

Ich weiß gar nicht mehr so genau, was ich darauf geantwortet habe, nur ist sicher, dass ich ziemlich genervt geschaut habe und irgendetwas darauf erwiderte, wie: „Ja, so sieht es aus...“ Doch in diesem Moment hätte ich am liebsten mal meine Krücke genommen und rundherum geschwungen....

Natürlich bin ich noch lädiert! Was manche Menschen doch für unzusammenhängende, eher sinnlose und völlig überflüssigen Worte bzw. Sätze aus sich heraus plaudern. In dieser Situation ist auch meine Geduld einmal zu Ende und das Verständnis ist ziemlich „abgestürzt".

Monika

Wieder mal war ein Frühstück mit Kaffeetrinken angesagt. Dieses Mal hat sich meine Faschingskollegin Monika angekündigt. Wir mussten uns in dieser Kampagne nicht wegen des Übens treffen, also kann man die ausgefallene Zeit anderweitig auskosten. Denn so ganz ohne Treffen und ein Schwätzchen geht gar nicht. So haben wir lecker gefrühstückt, guten Kaffee dazu getrunken und mit viel Ruhe den Morgen genossen.

Druckerei

Ende März/Woche 35

Die Idee mit meinem eigenen Buch reifte immer mehr, man hatte wieder etwas zum Ablenken und außerdem eröffnete sich mir ein völlig neues Gebiet. Mein Buch musste gedruckt werden. Deshalb entschloss ich mich, bei umliegenden Druckereien nach den Konditionen zu fragen, wie Bestellmenge, Ausführung und ganz wichtig: Das Preisleistungsverhältnis. Aus diesem Grund fuhr mich mein Papa zu einer im Umkreis liegenden Druckerei. Mit dieser hatte ich einen Termin vereinbart. Die Mitarbeiterin war sehr nett, ich erläuterte ihr mein Buch, wie groß es sein sollte (hatte ein Muster mit), die Seitenzahl und vieles mehr. Glanz oder matt? Welche Papierstärke? Und noch verschiedenes mehr! Ups, da kam aber etwas auf mich zu: Ich hatte ja keine Ahnung, welche Papierfarbe bei Büchern „in" ist, welche Stärke die richtige ist und und. Nichtsdestotrotz wurde mir alles ausführlich erklärt und wir verblieben auf ein schriftliches Angebot per E-Mail (Mail bedeutet: elektronische Post oder E-Post. Ist eine auf elektronischem Weg in Computernetzwerken übertragene, briefähnliche Nachricht. Quelle: wikipedia.de). Mit neuen Eindrücken und vielen Gedanken fuhren wir wieder nach Hause und ich war froh, an diesem Tag keinen Termin mehr wahrnehmen zu müssen. So konnte ich ganz entspannt mal lesen, auf der Couch liegen und nichts tun (wie schon die letzten Wochen, nein eher Monate zuvor = also nichts Neues oder Ungewöhnliches).

Ende April

Beginn der Woche 38

Die Wiedervorstellung in der Klinik verlief soweit recht gut, die geplante Arbeitsfähigkeit wurde für Juli ins Auge gefasst. Bis dahin natürlich weiterhin Krankengymnastik und auch Lymphdrainage. Na, das lässt doch freudig in die Zukunft blicken.

Aber hier wieder meine Bedenken: Ich bin nicht schmerzfrei und weiß nicht, wie das alles noch weiter gehen soll bzw. wie ich den Fuß ganztags belasten können soll und

meinen normalen Alltag leben kann.

Woche 38

Schal

Nun hatte ich wieder einen Kontroll-Termin bei meinem Durchgangsarzt. Das Wartezimmer – hier nichts Neues – war wieder sehr voll besetzt. Aber das macht mir mittlerweile nichts mehr aus. Ich habe immer ein Buch, etwas zum Stricken und eine Flasche Wasser dabei. So auch heute: Strickzeug rausgeholt und los ging es. Ich hatte angefangen, Schals zu stricken, da die Zeit in den Wartezimmern und auch in den Krankenhäusern lang werden kann. Für heute hatte ich etwas ganz besonderes herausgesucht: schwarz-melierte Wolle mit glänzenden Pailletten eingenäht und dann fällt dieser Schal in kleinen Volants. Sieht sehr schick aus und ist mal etwas ganz anderes. Ich strickte und strickte, die Leute schauten mir zu, bis eine Frau meinte, das sähe sehr kompliziert aus. Ich erklärte es kurz und habe weiter meine Nadeln geschwungen. Dann kam eine Frau in den Wartebereich, die sich dazusetzte und mir auch interessiert zuschaute. Sie erklärte, ihr Mann werde operiert und sie hole ihn dann wieder ab. Na gut, ich nickte nur und erwiderte dieses Mal nichts weiter.

Ich dachte mir wieder einmal: Es steht bestimmt etwas auf meiner Stirn, anders kann es nicht sein. Warum werde immer ich angesprochen? Aber das kann nur mit meiner netten Ausstrahlung zu tun haben - haha. (Auf jeden Fall!) Das rede ich mir in solchen Situationen zumindest ein.

Nach einer Dreiviertelstunde – ich saß immer noch da – und wartete auf meinen Namens-Aufruf, kam diese Frau wieder zurück, um ihren Mann abzuholen. Sie fragte nach meinem Schal und ich erklärte ihr, dass er fertig sei und ich jetzt bald dran kommen müsse, da ich keine Wolle mehr dabei habe. (Schmunzeln im Wartezimmer). Sie wollte den Schal unbedingt sehen und es kam, wie es kommen musste: Sie war so begeistert, dass sie ihn mir aus der Hand abgekauft hatte. „Stopp" rief ich, da ich die Nadeln doch aus der Tüte nehmen wollte, weil ich sie noch brauchte! Verwahn (wird bei uns in Rosbach das Vernähen des Restfadens genannt bzw. altes Platt von meiner Oma übernommen) konnte ich es dort nicht mehr, aber ich erklärte es ihr und sie war sehr glücklich mit dem neuen schicken Schal und bedankte sich bei mir.

Auch solche schönen Augenblicke lassen das Ganze erträglicher erscheinen und zaubern einem doch so manches Lächeln in das Gesicht.

Woche 39

Das war ein ganz besonderer Tag: Nun wurde ich in einer großen Klinik vorgestellt, da meine Schmerzen weiterhin bestanden und nun der Sache auf den Grund gegangen werden musste. Denn die Heilung von solch einem Sprunggelenksbruch ist eine Sache von „normalerweise" acht Wochen... Aber was ist schon bei mir normal? Auch dort traf ich auf Ärzte, Professoren und und ... Das kennen wir ja mittlerweile schon. Ich wurde untersucht und die vorhandenen Röntgen- bzw. MRT-Bilder wurden angeschaut und sie erklärten mir, dass ich nochmals operiert werden müsse. Das heißt: zur stationären Aufnahme in die Klinik.

NEIIIIIIN, das durfte doch alles nicht wahr sein!! Ich fühlte mich wie nach dem Erwachen aus einem schlechten

Traum. Ich möchte weg, nur weg. Mich treiben lassen, wie
ein Schiff auf dem Meer, ohne bestimmtes Ziel.

Ich dachte, dass der normale Alltag für mich in Kürze ein-
trete, die Wiedereingliederung auf der Arbeit beginne und
endlich wieder mein ganz normales Leben anstünde. Ohne
weitere OP's, Arztbesuche und dergleichen. Aber dieses
Gespräch und die anschließende Nachricht ließen all
meine Hoffnung wie einen Schneemann in der Sonne dahin schmelzen. Gnadenlos, ohne Rücksicht auf irgendetwas.

Tja, was gibt es dazu noch zu sagen? Ich hörte dem Pro-
fessor weiter zu.

Doch es war wie in einem Film: einfach zurückgespult und
ich stehe wieder am Anfang da. Ich spiele die Hauptrolle,
aber das Ende der Geschichte ist noch nicht geschrieben.
Der Film war doch nicht wirklich für mich bestimmt, der
war einfach nicht für mich geeignet. Mich betrifft das doch
nicht ... alles kam mir so unrealistisch vor.

Jedoch hatte er Recht, jetzt musste der Sache auf den
Grund gegangen werden, die Bänder im Fußgelenk sind
wohl noch nicht in Ordnung und deshalb plagen mich auch
die ständigen Schmerzen.

Stornierung

Wieder einmal braut sich ein großer Wirbelsturm in meinem Kopf zusammen, doch ich kann ihn nicht abwenden. Die Gedanken kommen zu gefühlten Tausenden und ich kann mich nicht dagegen wehren. Nichts, rein gar nichts, kann ich dagegen unternehmen.

Das war also der so schön ausgemalte Türkei-Urlaub... diesen musste ich wohl oder übel absagen. So erklärte ich dem Arzt, dass ich einen Urlaub für Juni gebucht hätte, aber diesen wohl nicht antreten könne? Ich fragte bewusst mit gefühlten 10 dicken Fragezeichen und großen Augen.

Ich hatte natürlich den inneren Wunsch, es möge positiv für mich ausfallen und bis dahin alles gut verheilt sein. Doch zack: Wie mit einer Nadel hatte er meine Glücksseifenblase zerstochen und ich hörte nur ein: „Das wird wohl nicht klappen"... Den Rest hörte ich nicht mehr wirklich oder sagen wir hier: Den wollte ich ganz und gar nicht hören.

Es half alles nichts. Ich musste also meinen gebuchten Urlaub für uns Zwei stornieren. Nichtsdestotrotz dachte ich nicht an aufkommende Schwierigkeiten, denn wir hatten eine Reiserücktrittsversicherung abgeschlossen und somit würde alles seinen Weg gehen und keinerlei Probleme entstehen.

Nein, ich hatte keine Sekunde an ein Nichts-Klappen-Können gedacht.

Ich stornierte schriftlich und legte eine Bescheinigung des Durchgangs-Arztes bei, diese bestätigte, dass ich zum Buchungstag reisefähig war, nun aber durch Komplikationen eine erneute Operation bevorstehe und ich die Reise nicht antreten kann.

Es war aber klar:

Wäre doch zu schön gewesen, wenn irgendetwas einfach mal auf Anhieb klappt. Die Versicherung lehnte es ab, die Anzahlungskosten zu erstatten und somit hatte ich eine neue Aufgabe, so dass es mir nicht langweilig wurde.

Aber ich hatte doch alle Zeit der Welt, das Daheim-Sein darf nicht zu eintönig werden = Sarkasmus kommt auf

(Begriff Sarkasmus bezeichnet beißenden, bitteren Spott und Hohn; Quelle: wikipedia.de/Sarkasmus).

Ich hielt Rücksprache mit dem Reisebüro, welches unsere Buchung vorgenommen hatte, und sie wollten sich darum kümmern und dann melden. Das geschah auch, jedoch lehnte die Versicherung weiterhin jegliche Rückerstattung ab.

Oh war ich sauer, so richtig kurz vor dem Explodieren. Meine Verfassung war natürlich auch auf dem Nullpunkt angekommen.

Erst meine niederschmetternde Nachricht der erneuten OP und dann noch dieses Ärgernis mit der Ablehnung der Kostenerstattung.

Aber ich hatte ja soooo viel Zeit, deshalb habe ich dem Reisebüro unvermittelt klar gemacht, dass ich mir das nicht gefallen lassen würde. Warum schließt man solche Versicherungen ab? Natürlich für den Fall der Fälle. Doch ist es wirklich mal der Fall, so lehnt man jegliche Verpflichtung erst einmal ab. Ist doch einfach und so manch einer lässt sich dadurch abwimmeln und unternimmt keine weiteren Schritte.

Doch nicht mit mir! Ich werde an die Öffentlichkeit gehen, Leserbriefe schreiben und einen Anwalt nehmen, wenn weiter so viel Uneinsichtigkeit besteht. Dies und Verschiedenes mehr habe ich dem Reisebüro kundgetan. Von wegen: längere Erkrankung und bla bla bla. Also heißt es auch hier wieder: warten und auf eine gute Entwicklung hoffen.

Es ist so nervig, für alles zu kämpfen, um zu seinem Recht zu kommen. Kann es denn einmal nicht ganz ohne irgendwelche Komplikationen laufen? Bei mir bestimmt nicht, das wäre doch „zu normal" und fast langweilig. Sarkasmus lässt herzlich grüßen und lacht mir von der Seite zu.

Ende Mai/Woche 43

Klinik-Aufenthalt

Mein Klinik-Aufenthalt stand bevor.

Ich hatte keine andere Wahl, oder? Definitiv ein klares NEIN! Man klammert sich immer an einen Strohhalm, der einem gereicht wird. So auch ich.

Also packte ich meine Tasche und ganz wichtig, nicht zu vergessen: meine Wolle. Die musste auf jeden Fall mit, gerechnet für einen Aufenthalt von ca. 5 Tagen habe ich Wolle für 3 Schals eingepackt – nicht zu vergessen, die Stricknadeln.

Nach der Aufnahme auf der Station, wurde mir mein Zimmer zugewiesen, welches ich mit zwei weiteren Frauen teilen musste. Puh – ganz schön viele Menschen in einem nicht wirklich großen Raum – mit wenig Platz, aber man arrangiert sich. Die zwei Frauen waren nett, auch hier hatte jeder ihre Geschichte und Päckchen zu tragen.

Gleichdarauf wurde das Arztgespräch, Blutabnahme, Röntgen, CT (bedeutet: Computertomographie, ist ein bildgebendes Verfahren in der Radiologie. Es werden aus verschiedene Richtungen Schnittbilder erzeugt, Quelle: de.wikipedia.org/wiki/Computertomographie) durchgeführt. Zwischendurch gab es *lecker* ☹ Mittagessen (undefinierbar, eine eklige „Möhrenpampe mit Zusatz"). Dann ging es noch zum EKG und Anästhesie-Gespräch. Ich entschied mich für eine Spinal-Anästhesie (bedeutet: Rückenmark-Narkose), die wohl laut Anästhesie-Ärztin nicht machbar sei, da die Operation zu lange dauern würde. Wieso denn längere OP? War nicht solange angedacht, oder? Jedenfalls nach erneuter Rücksprache wurde mir die Durchführung der von mir angedachten Spinal-Anästhesie erlaubt. Falls diese nicht ausreiche, werde eine Vollnarkose verabreicht. Gut, wenigstens dies konnte geklärt werden.

Wolle

Als ich mich „eingerichtet" hatte, schnappte ich mir die Stricknadeln und begann zu stricken. Dieses Mal einen schönen lila Schal mit Volants und Glitzer. Nicht wirklich meins, aber ich habe festgestellt, andere Personen mögen dieses Modell sehr. Ist auch gut so, dass jeder seinen eigenen Geschmack hat und die Menschen unterschiedlich auf die vielfältigen Angebote ansprechen. Ruck-zuck wuchs er an Länge heran und es war schnell zu erkennen, dass auch dies ein schöner Schal würde. Es dauerte gar nicht lange, als die Bettnachbarin mich fragte, für wen ich ihn strickte und so weiter. Ich erklärte ihr, dass ich nun seit meinem Daheim-Sein außer Lesen auch schöne verschiedene Schals stricke und hoffe, einen Abnehmer zu finden. Nun, auch hier kam es, wie es kommen musste: Sie war so begeistert und äußerte den Wunsch für 2 Schals, da sie diese verschenken wolle. Kein Problem für mich, Wolle hatte ich noch mit und sagte ihr zu, dass ich auch einen Zweiten für sie stricken kann. Sie freute sich sehr, doch sie sah die Schwierigkeit darin, dass sie am nächsten Tag entlassen wurde, doch dies war keine unüberwindbare Hürde für mich. So saßen wir am Abend „gemütlich" in unseren Betten, erzählten über alles Mögliche, wir lachten und ich strickte, was die Nadeln hergaben. Sie wurde am nächsten Tag mit zwei neu gestrickten Schals und einem Lächeln im Gesicht entlassen.

Hier mein Fazit:

Auch über kleine Dinge können sich die Menschen freuen und dies sollten wir viel mehr zu schätzen wissen, ebenso nie vergessen.

OP-Termin

Der Tag verstrich und mein geplanter OP-Termin rückte näher. Ich wartete den ganzen Tag bis nachmittags und fragte dann – mehr spaßeshalber - mal nach, ob ich vergessen wurde?

Na ja, wer 1 und 1 zusammen rechnen kann, weiß, was jetzt kommen muss. Ich ziehe doch alles an mich ran, was irgendwie schief gehen kann – oder? Manchmal kann man selbst nicht glauben, welche Zusammenhänge auf einander treffen und ich immer mittendrin bin. Doch auch hier war alles real.

Mir wurde erklärt, dass leider so viele Notfälle dazwischen gekommen waren und es mit meiner geplanten OP wohl nichts mehr wird! Die Rücksprache mit dem Operateur bestätigte diese Erkenntnis und so wurde ich über das Wochenende nach Hause geschickt. Neuer Termin am darauffolgenden Dienstag, gleich morgens um 6.30 Uhr! Ich bin als Erste für den OP-Tisch vorgesehen.

Na das ist doch ein Wort – haha – Sarkasmus lässt abermals grüßen! Doch was blieb mir auch in dieser Situation übrig? Wieder mal nichts - gar nichts!!

Mein Mann kam zufällig auf dem Nachhauseweg von seiner Arbeit vorbei, um nach mir zu schauen und ich erklärte ihm die Lage, und dass er mich gleich mit nach Hause nehmen könnte. Er schaute mich etwas stutzig bzw. verwirrt an, dachte wahrscheinlich, ich mache einen Scherz, doch in dieser Situation war mir wirklich nicht zum Scherzen.

Ich sagte ihm dann noch schief lächelnd, dass er seine geplante Party für dieses Wochenende absagen müsste. Aber das war wirklich nur ein Scherz. Denn er wollte doch auch nur, dass ich operiert werde und es mir wieder besser geht und wir unser normales Leben führen können.

Tja, so kommen immer Ereignisse auf einem zu, mit denen man nicht rechnen konnte und die nachfolgende Situation gemeistert werden muss. Ganz gleich, wie und was noch folgen mag.

Mit gepackter Tasche wurde ich in das Wochenende entlassen und Stefan nahm mich sicher mit nach Hause und wir konnten uns auf ein gemeinsames Wochenende einstellen und versuchen, es zu „genießen". Na ja genießen ist wohl zu hoch gegriffen. Ich hatte noch keine OP hinter mich gebracht, musste warten und drei Tage können sehr lange erscheinen.

Man oh man, so manches Mal denke ich:

Das kann doch so alles nicht wahr sein. Neeeeeiiiiin, mich betrifft das doch nicht … oder? Doch die Realität sieht ganz anders aus. All diese Situationen geschehen mit mir. Stopp, nicht mit mir. Situationen und Ereignisse entwickeln sich, passieren einfach und ich bin doch irgendwie daran beteiligt. Komme mir vor wie ein Ball mitten in einem Spiel.

Wie Spiel? Welches Spiel? Na, das ist ganz einfach: Ich fühle mich als Ball, der ständig hin und her geschickt (eher geschubst) wird, aber die Richtung noch nicht feststeht und sich keiner dafür entscheiden kann oder besser gesagt: Keiner bestimmt die endgültige Richtung und übernimmt die Verantwortung dafür. Ich fliege einfach nur hin und her.

So hui nach rechts und hui nach links, kreuz und quer: einfach ohne wirkliches Ziel.

Und jeder, der einen Ball fängt, wirft ihn flott weiter, sobald er ihn zugeworfen bekommt und gefangen hat, das ist die logische Folge eines Ballspiels.

Dann kommt der Zeitpunkt, da fühle ich mich zurückgeworfen, bin am Anfang der Wurfrichtung und warte gespannt auf Neuigkeiten.

Ärgernis

Es gibt viele Situationen, bei denen man sich ärgern, aufregen und völlig außer sich geraten kann. Ebenso auch manchmal endlose und nichts bringende Diskussionen führen kann.

Hierzu fällt mir ein Buch („Entrümpeln mit dem inneren Schweinehund" von Dr. Marco von Münchhausen) ein, welches ich gelesen habe. Dort findet man gute Tipps, die man im eigenen Leben berücksichtigten sollte.

Innere Ordnung

Beim Streiten und auch Ärgern fühlt man sich vielleicht voller Energie und zu ähnlicher Hochform läuft man auf, wenn man sich über etwas beschweren kann. Aber all dies kostet viel Kraft und hinterlässt Spuren in der Seele und im Gemüt der anderen. Auseinandersetzungen kosten wertvolle Lebens- und Seelenenergie.

Zweiter Versuch

Woche 44

Nun war das „geschenkte" Wochenende vorüber und der OP-Dienstag stand bevor. Mein lieber Ehemann fuhr mich morgens zur Klinik, wir verabschiedeten uns und ich ging in die Höhle des Löwen. Nein, so darf ich es nicht nennen. Denn hier wird mir geholfen, es ist nur unglücklich verlaufen, dass ich am ursprünglichen Termin nicht operiert werden konnte.

An diesem Morgen wusste ich, was zu tun war und so wurde mir schnell mein Zimmer gezeigt. Es war sogar ein Zwei-Bett-Zimmer, welches das Ganze angenehmer erschienen ließ. Die Frau neben mir hatte auch ihre Krankheitsgeschichte und wir verstanden uns auf Anhieb.

Viel Zeit blieb mir heute – zum Glück für mein Nervenkostüm - nicht. Ich bekam sehr zeitnah meine Beruhigungstablette und nur eine Viertelstunde später wurde ich in den OP geschoben.

Yippeh yeah, ich komme heute dran! Der pure Wahnsinn, man freut sich auf eine Operation? Aber es soll doch voran gehen und ich gehe bestimmt nicht ein zweites Mal unverrichteter Dinge nach Hause. Deshalb überwog die Freude.

Die Zeit lief weiter und die OP wurde vorgenommen, alles ging vorüber und ich wurde wieder auf mein Zimmer geschoben.

Oh wie schrecklich! Ein dicker Verband um den Fuß, dieser hoch gelagert und ich durfte nicht selbst aufs WC. Nur die fürchterliche Pfanne! Das ist das Schlimmste bei der Spinal-Anästhesie. Viel eher für mich das Schlimmste: im Bett liegen zu müssen und nicht aufstehen zu dürfen. Klingeln, wenn man auf Toilette muss. An dem OP-Tag ist das Aufstehen nicht erlaubt. Aber ich war wach und nicht benommen, so ruhte ich mich einfach nur aus.

Visite

Die Visite eröffnete mir am nächsten Tag, dass zu viel Flüssigkeit aus der Drainage käme (bedeutet: eine medizinische Behandlungsmethode, sie dient der Ableitung oder dem Absaugen krankhafter oder vermehrter Körperflüssigkeiten, um einen Normalzustand wiederherzustellen; Quelle: de.m.wikipedia.org/wiki/Drainage_(Medizin)) deshalb bliebe diese noch drin. Die Bänder wurden gerichtet und ein stabiler Faden mit Titanplättchen bleibt zur Stabilisierung im Gelenk, welches aber nicht stört. Nun gut, auch das nehme ich an, alles was zu meiner Gesundung beiträgt.

Am darauffolgenden Tag konnte die Drainage gezogen werden. Die Entzündungswerte wurden kontrolliert und die Ärzte sind zuversichtlich, alles wird gut!

Na also, wer sagt es denn? Muss doch auch mal gut werden. Obwohl mir die drei Narben schon sehr gruselig vorkommen. Eine große Narbe links senkrecht über dem Knöchel, oben auf dem Fuß eine Kleinere und die Dritte über der Ferse. Aber das verwendete Pflaster zeigt mir, dass es bergauf geht und sich somit die ganze Strapaze lohnt.

Meine Bettnachbarin war sehr nett, wir schauten beide gerne lange fern, bestellten uns eine Pizza , da wir dachten, mal Abwechslung zum Krankenhaus-Essen haben zu müssen. Doch dieses erwies sich als Flop, denn diese war überhaupt nicht lecker, aber was tut man nicht alles, um sich mal etwas zu gönnen (hihi).

Aufträge

Auch für diese Zeit hatte ich meine Wolle eingepackt und nun, damit war das Thema Stricken und Bestellen der Schals noch nicht beendet .... sprach sich herum, dass in meinem Zimmer - schöne Schals gefertigt wurden. So versorgte ich die Zimmer links und rechts von mir, ebenso wollten die Krankenschwestern so einen schönen Schal in der ausgewählten Farbe für sich selbst oder zum Verschenken. Daher musste mein Mann noch weitere Wolle mitbringen und die Zeit verging für mich doch recht schnell.

Es ist immer gut, sich abzulenken und nicht zu viele Gedanken auf das Dilemma zu verschwenden oder sich ständig von den Schmerzen beherrschen zu lassen. Sicher, das ist leicht daher gesagt. Doch nur im Bett zu liegen und die Decke anzustarren, ist auf keinen Fall das Gelbe vom Ei und absolut nicht mein Ding.

Ausflug

Nun ist schon der 5. Tag meines Aufenthaltes in der Klinik.

Meine Zimmergenossin und ich hatten so einen richtigen „Kaffeedurst". Also beschlossen wir einen Ausflug zu unternehmen. Nein, nicht straßentauglich anziehen, schminken oder noch richtig schick machen. Das brauchten wir alles nicht. (Die notwendigen Utensilien waren sowieso nicht vorhanden). Also *mietete* jede von uns einen Rollstuhl und wir machten uns auf den Weg. Man freut sich schon, wenn der gemeinsame Weg ins Erdgeschoß klappt und ist dann fast fix und fertig – teilweise geschwitzt – seinen Kaffee und ein leckeres Stück Kuchen genießen kann. Das haben wir uns verdient – redet man sich in solchen Situationen gerne ein -. Dieser halbstündige Ausflug war für uns sehr anstrengend, aber hat sich auf jeden Fall gelohnt und wir haben viel gelacht, kamen gut gelaunt und glücklich über den guten Kaffee in unser Zimmer zurück.

Am nächsten Tag folgte die Visite, der nette und auch noch gutaussehende Arzt – der Name hier ist unwesentlich – hat mich untersucht und mir meine Angst wegen der vorhandenen Schwellung genommen und bestätigt, dass alles normal verlaufe und die Wunde gut aussehe.

Schicker Schuh

Woche 45

Eine neue Woche begann und ich darf nicht vergessen, meinen neuen Schuh zu erwähnen, den ich gleich am zweiten Tag bekommen habe:

Schuh ist milde ausgedrückt: es ist eher ein Monstrum von Schuh, so eine Art Astronauten- Schuh, mit aufblasbarer Innenhülle und stabiler Plastikumhüllung. Die Sohle ist extra rein geklickt und ich darf diese abends beim Zu-Bett-Gehen abnehmen. Super toll, als ob die gefühlten 10 g etwas ausmachen würden. Es ist nicht nur ein Schuh, der bis zum Knöchel geht, nein nein, dieser Schuh bzw. eher Stiefel geht bis unter das Knie. Er ist einer von VACOped-Produkten und stellt eine moderne Alternative zur

Gipsmethode dar. Das angenehme daran: Der Schuh ist ab-
nehmbar und die Innenhülle ist waschbar, was bei den
sommerlichen Temperaturen beides von Vorteil ist.

*Auch hier muss ich wieder einfach durch und es akzeptie-
ren und hoffen, dass der Schuh zur Besserung beiträgt.*

7. Tag nach der OP

Der 7. Tag ist nun angebrochen und die Visite kommt vorbei und dabei wird auch erklärt, dass der Schuh für die

nächsten 6 Wochen fest zu mir gehört. Ich muss dann auch erst wieder lernen meinen Fuß zu belasten, richtig laufen und und und.

Aber in einem Jahr ist alles gut! In einem Jahr, ach das ist doch nicht so lange! Der Sarkasmus ist hier wieder stark vertreten, ... na ja, warten wir es mal ab.

Die Hoffnung stirbt bekanntlich zuletzt, man klammert sich an jede Kleinigkeit, die aufkommt. Jedoch stelle ich für mich immer häufiger fest, dass ich viel zu viel Hoffnung in ein neues Arztgespräch oder auch in neue Behandlungsmethoden sowie auch in neu angeordnete Röntgen- bzw. CT-/MRT-Bilder setze. Das Gegenteil des Erhofften ist oft der Fall, jedoch gebe ich die Hoffnung nicht auf, dass ich doch (irgendwann) mal weniger Schmerzen haben werde und die Operation und die folgende Zeit Gutes dazu beitragen werden.

Der morgigen Entlassung steht nichts mehr entgegen und so freue ich mich auf den nächsten Tag. Ich hatte verschiedene Fragen notiert, welche auch geduldig von dem netten – und hübschen - Arzt beantwortet wurden und so sehnte ich die Nacht herbei. Ich wollte bald in meinen häuslichen Räumen sein.

Entlassung

Der tägliche Weckdienst mit Fiebermessen und Blutdruck-
messen gehört auch in einer großen Klinik dazu und so war
ich frühzeitig wach. Nach der Abschlussvisite konnte ich
mich vom Taxi-Fahrdienst abholen zu lassen. Gegen 10:00
Uhr war es soweit: Mein Taxifahrer kam in mein Zimmer,
nahm meine gepackte Tasche – die ich mühsam abends,
humpelnd auf Krücken und mit meinem neuen tollen
Schuh zusammengestopft hatte – und so ging es auf den
Nachhauseweg. Ich rief von unterwegs meine treue ver-
lässliche Freundin Cornelia an, die ich als Haushaltshilfe
engagiert hatte. (Diese Hilfe stand mir in meiner Unselb-
ständigkeit zu bzw. wurde mir angeboten und natürlich
wollte ich diese auch annehmen). Sie erwartete mich
schon, als ich aus dem Taxi kraxelte; nahm meine Tasche
ab und wir machten erst einmal lecker Kaffee. Ich erzählte
noch das Eine oder Andere und sie begann mit dem Aus-
räumen und Sortieren der Tasche.

Hier kommt leicht der Gedanke auf:

Ach: Die Frau hat es aber gut, bekommt schon die ganzen Monate über Besuche, genießt das Sommerwetter auf dem Balkon, ist braungebrannt, geht Kaffeetrinken und wenn sie zu Hause ist, wird entweder lecker gefrühstückt und/oder Kaffee getrunken.

Tja, so toll ist es aber ganz und gar nicht: für mich sind diese Besuche mit Kaffee-Pause eine nette Ablenkung, von den Umständlichkeiten, Entbehrungen und Schmerzen, die mich seit meinem Unfall begleitet haben.

Ich würde gerne tauschen, doch habe ich keine passenden Tauschpartner gefunden. Keiner möchte sich auf meine Situation einlassen, was sehr verständlich ist.

Jammern

Ich jammere auch nicht ständig herum, dass es mir schlecht geht oder alles nur blöd ist. Aber ich nehme meine Schmerzen wahr, halte viel aus, ohne groß darüber zu sprechen und deshalb ist es für mich wichtig, einen Mini-Teil des Tages mit netten Gesprächen, Kaffeetrinken und ein wenig mehr zu verbringen. Ein Tag kann so lang sein, wenn man nichts tun kann. Lesen ist gut und schön, aber nun geht es in die 46. Woche! – oder genauer gesagt: es ist fast 1 Jahr (!!) vergangen seit meinem Sturz.

Cornelia wuselte umher, auch die Waschmaschine wurde gefüllt und so konnte ich mich beruhigt auf die Couch legen. Meine von mir gerufene „Zauberfee" erledigte die anfallenden Arbeiten fast unscheinbar, ab und zu mal die Frage, was an welche Stelle muss, aber ansonsten konnte ich vollends zufrieden sein.

Freunde

Zum Glück hat man gute Freunde und kann sich auf sie verlassen, wenn es „brennt", doch auch darüber hinaus sind gute Freunde sehr wichtig.

Da fällt mir ein, dass ich passend zur Freundschaft einen guten Spruch gelesen habe:

„Freundschaft ist eine Tür zwischen zwei Menschen. Sie kann manchmal knarren, sie kann klemmen, aber sie ist nie verschlossen. (Baltasar Gracián)".

Dazu möchte ich anmerken: Ich habe mehrere solcher Sprüche-Büchlein, selbst wenn ich anderswo gute Verse oder Sprüche lese, notiere ich sie mir und lege sie dazu. Auf Geburtstags-, Hochzeits- oder sonstigen Grußkarten schreibe ich dann jeweils einen Spruch für die betreffende Person.

Cornelia kam nicht nur für diesen Tag: Nein, sie kam ab meinem Entlassungstag regelmäßig für die anfallenden Haushaltsarbeiten - und das für mehrere Wochen. Dies wurde sogar von der zuständigen Versicherung getragen.

Luxus pur, mir geht es ja so gut ...,

aber darauf hätte ich gerne verzichten können! Gerne hätte ich alle Arbeiten selbst erledigt, wenn ich nur dazu in der Lage gewesen wäre!

Und auch hier merke ich wieder: Es ist nur lästig, wenn der Kopf will, doch der Körper dazu nicht in der Lage ist, es einfach nicht umzusetzen geht.

Blut

Woche 46

Neue Woche – neues Glück, oder wie war das? Ich nenne es mal so: Neue Woche, aber für mich war diese mit neuen Terminen und Kontrollen gespickt.

Gleich montags früh musste ich zur Kontrolle zum Durchgangsarzt. Nix mit ausschlafen, vor allem brauchte ich für alles so viel länger. Aber dank Fahrdienst habe ich kein Parkplatzproblem. Ist doch positiv zu sehen.

Am nächsten Tag wird telefonisch mit der Schmerzklinik meine Tabletteneinnahme geklärt, denn eine weitere Fahrt wäre wirklich zu viel des Guten. Das Zuhause-Bleiben artet schon in Zeitstress aus, also doch nicht nur schöne Kaffeepausen.

Tags darauf geht es zur Blutabnahme. Es ist notwendig, dass die Entzündungswerte kontrolliert werden. Denn dieser Wert kommt seit meiner ersten Operation nicht annähernd an den Norm-Wert heran. Sicher, was muss, das muss! Doch bei mir ist es mittlerweile schwierig geworden. Nur noch wenige Arzthelferinnen finden gleich die richtige Vene und das ist für mich der blanke Horror. Rechte Armbeuge, dann die linke Armbeuge. Wenn diese zwei Möglichkeiten ohne Ergebnis verlaufen, hat man noch die Hände bzw. Füße. Das ist so schmerzhaft und trotzdem muss ich jedes Mal hinschauen, wenn die Nadel gestochen wird, damit ich mich „auf den Schmerz einstellen" kann. Dies rede ich mir zumindest ein.

Doch heute hat es gleich am Anfang geklappt, nur einmal gestochen und das Blut floss. Ich spritze mir auch noch täglich Clexane (bedeutet: Ist eine Injektionslösung, ein Mittel zur Hemmung der Blutgerinnung, zur Vorbeugung von Blutgerinnseln; Quelle: patienteninfo-service.de).

Wieder gut zu Hause angekommen, erscheint kurz darauf meine Haushaltsfee. Heute ist Bügeln angesagt und da kann man sich sogar nett unterhalten. Natürlich muss auch hier die Kaffeepause drin sein.

Meine Kleine hatte in dieser Woche ihre Abschlussfahrt nach Berlin angetreten. Auch dies ging vorüber und sie kam freitags erschöpft, aber voller neuer Erlebnisse und Eindrücke zurück.

Auch hier das Erstaunliche: Alles geht weiter, irgendwie klappt das eine oder andere nicht so, wie man es gewohnt ist, aber es klappt. Das ist ein Lernprozess für mich. Einfach die Fünf mal grade sein lassen. Denn es gibt immer eine Lösung und es geht weiter.

Ende der Woche 46

Groß-Cousin

Mein Groß-Cousin hatte - wie jedes Jahr - Mitte Juni Geburtstag. Er wollte dies mit seinen Freunden und Verwandten feiern. Dazu waren wir herzlich eingeladen und ich freute mich schon, meinen Cousin mit Familie und Freunden zu treffen.

Da ich nun im 2. Buch angekommen bin, halte ich es doch für meine Pflicht, diesen lieben Menschen nicht unerwähnt zu lassen. Doch zur Verständigung hier noch etwas im Vorfeld:

Schwesternliebe

Meine Omi und deren Schwester waren so ein typisches Schwesternpaar. Sie konnten nicht mit und auch nicht ohne. Sie trafen sich stets im Einkaufszentrum, zum Essen und fuhren auch gemeinsam in Urlaub. Doch es gab immer in irgendeiner Form Meinungsverschiedenheiten – mal mehr, mal weniger. Es war immer ein Erlebnis, diese Zwei zu sehen, hören und zu beobachten.

Diese Schwestern hatten jeweils eine Tochter – meine Mutter sowie Tante, also Cousinen. Deren Kinder sind meine Schwester, Bruder und ich. Meine Tante (die leider schon nicht mehr lebt) hat drei Jungs. Dazu gehört der oben genannte Groß-Cousin: Bertram. Er ist nur ein Jahr älter als ich, doch riesig groß (fast 2 Meter) und ich komme mir immer ganz winzig in seiner Anwesenheit vor. Doch unser Verständnis und gutes Miteinander wird durch den Größenunterschied nicht beeinflusst. Er ist verheiratet und hat zwei Mädchen. Leider treffen wir uns viel zu selten, doch unsere Geburtstage sind ein fester Bestandteil und sie sind immer mit sehr vielen Anektoden der Omis gespickt.

(Hierüber könnte ein Büchlein geschrieben werden, so viele Geschichten kennen wir mittlerweile - haha). Also kurzum: Ein Treffen mit vielen Erinnerungen, großem Gelächter und netten Menschen. So auch an diesem Tag: Leckeres Essen, nette Leute, ebenso gute Gespräche und immer mit Erinnerungen der Omi-Geschichten, machen jeden Geburtstag zu einem sehr schönen Tag. Jedoch gehen auch diese schönen Tage gefühlt viel schneller zu Ende, als einem lieb ist.

Hierzu passt folgendes Sprüchlein:
Gerade von Freunden nehmen wir Gefälligkeiten ohne Wenn und Aber an und ohne dabei ein schlechtes Gewissen zu bekommen oder uns in der Pflicht zu fühlen. In der Familie und unter echten Freunden hilft man sich gewöhnlich, weil man sich mag. Und aus keinem anderen Grund.

Wochenende

Woche 47

Gleich am Wochenende fand unser jährliches „Burgfest" in Nieder-Rosbach statt. Dies zeichnet sich durch die Vielzahl der Essens- und Getränkeangebote aus, welche von den einzelnen Vereinen dargeboten werden. Auch dieses Fest ging ohne mich vorüber und es muss – laut Aussagen meiner Familie und Freunden – wieder gut besucht und sehr nett gewesen sein. Doch auch bei solchen Ich-möchte-gern-Hin-Veranstaltungen muss die Vernunft walten. Ich kann dies mit zwei Krücken und diesem tollen Schuh nicht bewältigen. Deshalb habe ich meine Teilnahme an solchen Veranstaltungen in dieser Saison gestrichen.

Woche 48

Die neue Woche kam und es waren – außer den bereits bestehenden Terminen – nichts Besonderes dabei. Montags hatte ich Cornelia zur Unterstützung bei mir, und dienstags war Kaffeepause mit Friderike angesagt.

Die Fußpflege wurde auch zwischendurch wahrgenommen. Das ist wichtig, jedoch im derzeitigen Moment nicht wirklich so angenehm, da mein operierter Fuß noch sehr schmerzempfindlich ist und die Fußpflegerin da besonders vorsichtig sein muss. Aber alles klappte zu meiner Zufriedenheit und ich konnte meine Füße wieder zeigen.

Kontroll-Termin

Tags darauf kam der Kontroll-Termin in der Klinik. Ich war gespannt, wie eine „Flitzebogen".... Was würden die Ärzte heute sagen? Verläuft es gut, sind sie zufrieden? Und und und?? Gefühlte 1000 Fragen hatte ich in meinem Kopf und es braute sich wieder der schon erwähnte Wirbelsturm zusammen.

Der Tag hatte schon chaotisch angefangen: ich wurde mit einem Krankentransportwagen, der sehr groß war (Lieferwagen-mäßig), abgeholt. Ein Fahrer und dessen Begleiter wollten mich tatsächlich mit dem Rollstuhl zur Sprechstunde rein fahren. Da musste ich wieder mal protestieren! „NEIN, ich will nicht gefahren werden, nein nein. Ich habe die Krücken und werde den Gang entlang laufen". Sicher, das dauerte länger, als „schnell" gefahren zu werden, aber dagegen sträubte sich alles in mir. Etwas erschöpft an der Anmeldung angekommen, wartete ich geduldig auf das Aufrufen meines Namens. Dann der ersehnte Aufruf, doch die Untersuchung und das anschließende Gespräch holten mich auf den Boden der Tatsachen zurück. Meinen tollen

Schuh solle ich doch noch länger tragen. Es sei keine 0-8-15-Sache. Krankengymnastik sowie Lymphdrainage müssen weiter fortgesetzt werden.

Ups, das hatte gesessen, wie ein Knickschlag. Was hatte ich mir auch erhofft? Nach so einer langen Odysee? Die erneute Operation und nach 6 Wochen ist alles gut, als ob nichts war? Das war wirklich zu hoch gepokert. Und das passende Wundermittel war noch nicht erfunden.

Halloooo!!?? Haaalloooo??!!

Kommen Sie bitte auf den Boden der Tatsachen zurück. Diesen Spruch hätte ich mir doch längst auf meine Stirn kleben oder öfters vorsagen sollen und auch müssen. Das hätte mir so manch eine Situation vereinfacht und verständlicher gemacht. Aber nun gut: es ist wie es ist und mein Fazit bleibt: Auch da muss ich wieder durch und es geht weiter.

Schule

Dann kam noch ein weiterer Termin hinzu. Als ob ich nicht schon genug Termine wahrnehmen und immer die Fahrerei regeln musste. Aber dies war ein sehr wichtiger Termin: Die Notenbesprechung betreffend meiner Tochter mit dem Rektor und der betroffenen Lehrerin. Denn die vorgeschlagene Note war unserer Meinung nach nicht begründet und bedurfte dringend noch vor den Sommerferien der Aufklärung. Bei normalem Alltagsgeschehen alles kein Problem: Ins Auto rein, hinfahren, klärendes Gespräch führen und zurück. Doch so ging das bei mir eben nicht. Also habe ich zwecks Fahrdienstes eine Freundin angerufen, mich abholen lassen, das Gespräch mit dem Rektor und der Lehrerin geführt und dann mich wieder nach Hause fahren lassen. Alles dauert länger und es nervt mich im Moment nur noch. Dann auch noch die uneinsichtige Lehrerin, das hatte mir gerade noch gefehlt!

Ich könnte so manches Mal, wie gerade im Moment, ein-fach mal laut, so richtig laut – AHHHHH... schreien: trampeln, stampfen: alles am besten gleichzeitig, um den Unmut, der durch das ständige Hin und Her entsteht, raus zulassen. Aber nicht einmal das kann ich in der gegenwär-tigen Situation! Ich kann nicht stampfen, trampeln oder hüpfen. Okay, mein Mund funktioniert, aber ab und zu ist es besser, sich unter Kontrolle zu halten.

Juli

Sommerferien

Die Sommerferien kamen wie jedes Jahr. Nur dieses Jahr mit dem Unterschied, dass wir keinerlei Planungen vorge-nommen hatten. Bei mir war nicht abzusehen, zu welchem Zeitpunkt ich wieder einsetzbar sein würde oder eine Reise geplant werden könnte. Also buchten wir für unsere Toch-ter Kristina einen Italien-Urlaub über eine Jugendreise-Or-ganisation, damit sie wenigstens etwas von ihren Ferien hatte. Diese Reise sollte sie mit ihrer Freundin gemeinsam antreten und die Vorbereitungen liefen auf Hochtouren.

Schuh-los

Der Tag kam, dass mir gesagt wurde, ich könnte meinen Schuh nun endlich weglassen. Yippie-Yeah, ein Fortschritt, über den ich mich wahnsinnig freute.

Wieder ein komisches Gefühl! Wochenlang trägt man einen Schuh, plötzlich ist man ihn los und man denkt, als ob etwas fehle; vermisst ihn sozusagen. Total verrückt, aber daran sieht man, dass der Mensch doch irgendwo ein „Gewohnheitstier" ist und sich ganz schnell an Abläufe und Notwendigkeiten gewöhnen kann oder muss.

Herrlich, ohne unbequemen Schuh laufen zu dürfen und nur noch fußschonend mit Krücken auskommen zu können.

Rückkehr

Anfang Woche 50

Bei drei Kindern wird das Alltagsleben nie langweilig, es ist schön, die Entwicklungen jedes Kindes mitzuerleben und Freude, Glück sowie alle Ereignisse teilen zu können.

Nun war die – fast – einjährige Australien-Travel-and-Work-Tour (ich erwähnte im Buch zuvor, dass meine Tochter Alexandra für 1 Jahr nach Australien fliegt und dort reisen und arbeiten will) meiner Tochter vorbei. Sie landete an einem Montag und natürlich wurde die Wiedersehens-Party mit Familie, Verwandten und Freunden geplant und organisiert. Ich wurde zum Flughafen mitgenommen und konnte sie dort begrüßen.

Doch leider in dem Zustand, in dem ich sie vor einem Jahr hingebracht hatte: Nur den Rollstuhl hatte ich dieses Mal nicht dabei. Ansonsten hielt ich die Krücken beidseitig und konnte somit nicht wirklich laufen. Meine Tochter dachte wahrscheinlich, dass sich noch gar nichts geändert hatte, aber mir ging es ebenso.

Mir wurde gerade in dieser Situation sehr bewusst, dass ich nach einem Jahr im Grunde genommen nicht weiter vorangekommen war und mein Fuß nicht die gewünschte Besserung aufwies. Dieses eine Jahr war wie „vorüber gewischt" und ich stand mit meinem Heilungsverlauf fast wie am Anfang da. Erschreckend, aber den Kopf in den Sand stecken und resignieren, kam damals und kommt auch heute niemals in Betracht.

Nach einem gelungenen Begrüßungs-Komitee und großes Hallo, fuhren wir alle glücklich nach Hause; dort erwarteten uns weitere Freunde und Verwandte. Wir saßen alle noch gemütlich beisammen und es wurde viel über das Land am anderen Ende der Welt berichtet.

Glücklich, dass alles geklappt hat, die Tochter wieder zu Hause zu haben, schlief ich an diesem ereignisreichen Tag gut und zufrieden ein.

Woche 52

Ich hatte meine regelmäßigen Behandlungstermine, ebenso Klinik-Kontroll-Besuche und die gute Cornelia kam weiterhin regelmäßig zur Unterstützung als Haushaltshilfe. Nichts Neues oder Unregelmäßiges geschah. Alles ging weiter und der Abreisetag meiner Tochter Kristina rückte näher. Sie wurde verabschiedet und machte sich für 2 Wochen auf den Weg nach Italien.

Anfang August

Hier möchte ich nun kurz mein Kapitel „Stornierung" vervollständigen:

Es kam tatsächlich ein Schreiben der Versicherung mit Zahlungszusicherung und der Bemerkung, dass sich unser Reisebüro für uns eingesetzt hatte.

Na, das ist doch was... wenigstens hier mal ein Erfolgser-
lebnis! Das zeigt mir wieder: Nicht aufgeben, weiter ma-
chen und sich einsetzen für Dinge, die einem wichtig sind.
So ab und zu klappt das eine oder andere auch und man
wird für seine Hartnäckigkeit belohnt.

Die Ferien gingen an mir ohne wirkliche Besonderheiten
vorüber. Der Italien-Urlaub war vorüber und so traf meine
Tochter pünktlich mit dem Bus wieder in Frankfurt ein.
Sie hatte viel zu erzählen und ich wurde gut abgelenkt und
konnte ihr meine Aufmerksamkeit vollends widmen.

Woche 55

Fersenpolster

Ein neuer Termin zur Kontrolle stand an. Der übliche Ablauf war bekannt: Anmelden, warten und dann in das Behandlungszimmer hineingehen. Doch dieses Mal kam es
überraschend gut für mich. Die Krücken sollte ich langsam
weglassen. Ich bekam ein Fersenpolster für die Schuhe,
das gut für die Dämmung und Abrollung des Fußes war.
Eine Orthese sollte jedoch noch weiter getragen werden.

(Hier muss man sich einen Stützverband mit integrierter Schiene vorstellen).

Na, wer sagt es denn? Das hörte sich doch fortschrittlich an. Irgendwann muss es doch auch mal aufwärts gehen. Ich freute mich immer über einen Fortschritt und hatte gelernt, nicht mehr so große Anforderungen zu stellen. Schön, wenn es gut läuft, doch nicht alles ist festprogrammierbar.

Der August ging mit relativ schönem Wetter dem Ende entgegen. Meine Termine liefen weiter und schon eine Woche später hatte ich einen erneuten Kontroll-Termin in der Klinik. Das Übliche, vom Anmelden bis zum Platz nehmen, in der bekannten Wartezone.

Fische

Tja, das Leben geht schon seltsame Wege…

Hat man wieder mal einen Kontroll-Termin, so rechnet man automatisch mit einer gewissen Wartezeit. Das bin ich mittlerweile gewohnt und somit ist dies nichts Neues für mich oder gar etwas zum Aufregen. Mein Strickzeug, ebenso ein Buch habe ich auch dort dabei. Man weiß ja nie. An diesem Morgen war die Wartezone in dieser großen Klinik - wie so oft - gut besucht, doch es waren bestimmt noch 4 – 5 Sitzplätze frei. Ich suchte mir den vordersten Platz aus. Nicht direkt am Fenster, da ich auf eine Erkältung durch die Zugluft sehr gut verzichten konnte. Ich stellte meine Krücken an den Stuhl neben mir und packte mein Strickzeug aus. Kurz darauf betrat eine Frau den Wartebereich. Sie sah etwas merkwürdig aus: spindeldürr, mit einer total unpassenden eckigen Brille (so eine Art Rautenform der Gläser) in ihrem schmalen kantigen Gesicht. Sie schaute sich im Raum um, jeden einzelnen Stuhl, und dann starrte sie mich an. Es sei hier sehr chaotisch, wer wohl der Nächste sei, fragte sie. Ich erklärte ihr es ihr und meinte noch, dass ich den Durchblick hätte und Zettel mit Nummern verteilen könnte. Das lockerte die angespannte Situation doch etwas auf. Sie schaute dann auf den Stuhl neben mir, der frei war. Gutmütig wie ich bin (einfach zu gut...) fragte ich, ob sie sich auf d e n Stuhl setzen wolle? Sie lächelte schief und antwortete mit einem knappen „Ja" und setzte sich.

Manno mann, warum immer ich und warum bei mir? Es waren doch so viele Stühle frei. Nein, es musste der rechts neben mir sein. Unglaublich, aber so ist es.

Kaum dass sie saß, begann sie ein Gespräch. Mit keiner bestimmten Person, nein sie redete so in die Runde hinein. Wunderte sich, dass es so voll ist, nicht voran ging und was ihr sonst noch alles auffiel. Sie musste das kund tun. Doch keiner antwortete ihr. Es interessierte die Patienten wohl nicht, jeder hing seinen Gedanken nach. Die meisten der Patienten waren an diesem Morgen junge und ältere Männer, die ja bekanntlich sowieso eher wortkarg sind. Sie schaute dann zu mir.

– NEIN -, das war doch klar! Ich wieder mal... vielleicht habe ich noch nicht bemerkt, dass auf meiner Stirn „Sprich mich an!" steht oder so ähnlich. Das muss so sein. Auf meiner Stirn musste etwas stehen, denn warum sonst sollte auch sie sich ausgerechnet an mich wenden?

Sie begann zu erläutern, welches Chaos hier herrsche und erwähnte wieder, dass es in ihrer Tierarztpraxis, die sie wohl ab und zu aufsucht, organisierter ablaufen würde. Das ginge viel schneller. Aber hier.... und überhaupt....

Also erwiderte ich zunächst freundlich, dass man mit Wartezeiten rechnen müsste, das wäre eben so. Für mich war das Thema erledigt, doch sie fing nochmals an und sagte, dass es trotz Terminvergabe hier solange dauerte und das das in ihrer Tierarztpraxis nicht vorkäme und und. Daraufhin sah ich sie direkt an und sagte: „Also, ich habe keine Erfahrung mit Tierarztpraxen oder deren Wartezimmer. Ich habe keine Tiere. Außer Fischen und wenn es denen schlecht geht, dann kommen sie mit einer Spülung in die Toilette!" Peng, das hatte sie sprachlos gemacht und sorgte für einen Lacher im Wartezimmer. Ab diesem Zeitpunkt konnte ich mich meinem Schal widmen und die Frau schwieg. Ab und zu muss man einfach direkte Worte wählen und das notwendige STOPP-Schild aufzeigen.

Hin und wieder ist die direkte Art doch die bessere. Ich hatte der Frau jeglichen Gesprächsstoff mit meinem kleinen Sätzchen über unsere Fische genommen und war nicht wirklich böse darum.

Schulbeginn

Die Sommerferien gingen dem Ende zu, nur noch ein Wochenende und dann mussten die Schüler wieder ran.

Dienstags war die Einschulung meines Patenkindes. Ich ließ mich hinfahren und war während der ganzen Veranstaltung zugegen, es war wirklich sehr schön. Viele kleine neugierige Kinder mit fast übergroßen, gut gefüllten, Schultüten, aber das gehört dazu. Mittags gab es lecker Kaffee und Kuchen – wieder mal – und dann war auch dieser Dienstag schon wieder vorüber.

Woche 56

Nebel

Morgens war es zwar noch nicht wirklich kalt, immerhin noch 18 Grad, doch ein starker Nebel kam auf. Ich dachte, es wäre schon Herbst, der war aber erst später dran. Nun gut, es ging immerhin auf Ende August zu. Und zum Glück können wir das Wetter nicht bestimmen. Sonst würde allerorts nur Streit und Chaos herrschen.

Den Kontroll-Termin in der großen Klinik hatte ich wahrgenommen und die Arbeitsfähigkeit wurde mir für Anfang November bestätigt. Zwei Wochen zur Wiedereingliederung (das heißt, mit weniger Stunden als üblich mit der Arbeit zu beginnen) und dann mit der vollen Stundenzahl den Arbeitsalltag bewältigen – das war der Plan.

Ah, welch eine Freude kam hier auf! Arbeiten, wieder in die große Stadt nach Frankfurt fahren, meine Arbeitskolleginnen treffen und mich hoffentlich nach so langer Zeit wieder einfinden können. Wieder ein Termin, auf den ich mich freute, aber auch sehr gespannt war.

September

Woche 58

Meine weiteren Termine, wie Krankengymnastik, Lymphdrainage, Blutwert-Kontrolle, Schmerzambulanz-, ebenso einige Zahnarzttermine liefen so fort und hatte ich irgendwie alles gut im Griff. Dann stand ein besonderer Zwischentermin an: Nix Großes, aber wieder ein Ereignis, mit dem ich einen weiteren Schlussstrich ziehen konnte – ein sogenannter kleiner Abschluss, denn mein „toller" Schuh wurde abgeholt. Hätte ich ihn behalten wollen – er würde sowieso nur in einer Ecke verstauben – hätte ich einige Hundert Euro bezahlen müssen. Deshalb rief ich die zuständige Stelle an, vereinbarte das Abholdatum mit Abholzeit und weg war er. Gott sei Dank, den benötige ich hoffentlich nie mehr.

Häkchen machen auf meiner innerlichen To-Do-Liste!

2. Reha-Phase

Ruck-zuck war der September da und ich sollte meine zweite Reha-Phase starten. Es war mir alles bekannt, die Trainingsfläche, Anwendungen und Behandlungen. Aber es ging doch bergauf und so quälte ich mich ein zweites Mal durch das anstrengende Programm. Durch die Reha-Anwendungen war die Woche gut ausgefüllt, da ich bis zu fünfmal dort erscheinen musste. Dies war zeitaufwendig und auch sehr anstrengend, aber so ging die Woche relativ schnell vorüber.

Cousin-/Cousinen-Treffen

Woche 59

An diesem kommenden Wochenende stand ein Treffen mit allen möglichen Cousins und Cousinen seitens meines Mannes an. Das fand in Düsseldorf statt und wir kannten – bis auf meine Schwager – keine andere Person. Organisiert hatten dieses Treffen die Tanten meines Mannes, da mein Schwager Ahnenforschung betrieben hatte. 40 Personen (mit Partnern) hatten zugesagt und so kam ein Treffen mit gemeinsamen Essen in einem netten Lokal zustande.

Man geht mit gemischten Gefühl zu so einem Treffen. Niemand ist einem bekannt, fremde Gesichter, neue Eindrücke und viele Namen - die man sich sowieso nicht alle behalten kann – und ganz unterschiedliche Erzählungen der einzelnen Personen.

Nichtsdestotrotz war es ein sehr schöner und kurzweiliger Abend, es kamen viele gute Gespräche auf und wir wollten uns am nächsten Tag auf einen Kaffee treffen. Interessant, die Verwandtschaft nach Jahren kennen zu lernen. Auch heute noch haben wir Kontakt und ein Wiedersehen steht noch aus... die Zeit rennt bekanntlich.

Es ist immer relativ und kommt darauf an, in welcher Situation die Zeit gemessen wird. Manchmal rast sie, ein anders Mal schleicht sie wie eine Schnecke. Als Fazit bleibt: Die Zeit bleibt niemals stehen und es vergehen weiter die Stunden, Tage, Wochen und auch ein Jahr. Immer gleichbleibend.

Oktober

Anfang Oktober und es wird kalt. So kalt, dass wir den ersten Bodenfrost haben. Tja, manchmal passt das Wetter zum Monat = nasskalt, windig oder Sturm, Regen und vor allem dieser Nebel sprechen für einen typischen Oktober. Uh, jetzt beginnt wieder die eklige Zeit, auf die viele Menschen verzichten können.

Obwohl: bunt gefärbte Blätter, Wind und Regen, einen guten Tee im warmen Zimmer genießen – der Herbst hat seine gemütliche Seiten, die ich zu schätzen weiß.

Alt-Medikamente

Regelmäßig fahre ich noch zur Besprechung und wegen einer möglichen neuen Medikamentenverordnung in die Schmerzambulanz. Das ist wichtig und einfach notwendig, um mit meinen bestehenden Schmerzen umgehen zu können. Mittlerweile war ich gut eingestellt, so dass ich nicht mehr auf die „harten" Sachen zurückgreifen musste. Opiade und auch Morphium konnte ich weglassen und auf „mildere" Mittelchen umsteigen. Gewissenhaft wie ich bin, wollte ich die nicht mehr benötigten Medikamente bei dem zuständigen Arzt lassen. Dieser erklärte mir, dass er diese nicht entgegennehmen dürfte und ich sie in die Apotheke bringen sollte. Okay, kein Problem, ich habe sie eingepackt und auf dem Rückweg an der Apotheke eine Pause eingelegt. Dort wollte ich das neue Rezept einlösen und die Alt-Medikamente abgeben.

Das war natürlich wieder nur mein Schnell-Erledigen-Gedanke. Es könnte doch so einfach sein!! Aber nein, wir leben in Deutschland und hier gibt es - für fast alles - Vorgaben und Vorschriften.

In der Apotheke angekommen, gab ich mein Rezept ab und danach kramte ich meine nicht mehr benötigten, starken Medikamente hervor. Dort erklärte mir die freundliche Angestellte, dass man keine Alt-Medikamente mehr annehme, da es eine neue Verordnung gebe, die sie mir auch schnell zeigte. Diese besagte, dass die Alt-Medikamente im „normalen Hausmüll" zu entsorgen seien und das dazugehörige Papier in die Altpapier-Tonne gehöre.

Entsorgung

Wiedermal kam ich mir völlig fehl am Platze vor in diesem so realistischen Film. Das kann doch nun nicht wahr sein? Was läuft hier falsch? Man kommt sich schon stark veralbert vor. Als pflichtbewusster Bürger trennt man heutzutage Papier, Rest- und Biomüll, ebenso sammelt man in

Gelben Säcke und wie bisher sammelt man Altmedika-
mente. So war das zumindest bis zu diesem benannten Tag.

Die Zeiten ändern sich und somit auch die Vorgaben. Nur verstehen muss ich das als normal denkender Mensch nicht wirklich. Ich konnte diese Änderung nicht nachvollziehen. In keinster Weise und bis heute fehlen mir dazu die Erklärungen.

Vorschriften

Hierzu sollte oder muss ich noch Folgendes ergänzen:

Als ich die Verordnung gerade dieser „starken Medikamente" bekam, musste ich das Rezept immer persönlich in Empfang nehmen. Weder meine Tochter, noch mein Ehemann durften es abholen. Nein, ich persönlich, egal wie... mit Krücken und unter Schmerzen. In der Apotheke war die Abholung persönlich zu unterschreiben. Okay, dachte ich mir: Vorschriften sind Vorschriften. Aber nun kommt die Sache mit der Entsorgung hinzu. Diese doch so „gefährlichen und hoch dosierten Was-weiß-ich-Medikamte" sind nur mit persönlicher Abholung und Unterschrift erhältlich und zu entsorgen sind sie letztendlich einfach im Hausmüll!!

Das übersteigt jedes menschliche Denken und Verständnis. Ich hatte die Apothekerin angeschaut – ich weiß nicht, wie groß meine Augen wurden – und erklärte ihr die Situation. Es ist nicht nachvollziehbar und unverständlich. Geradezu lächerlich, ein schlechter Witz, da es sich doch um so gefährliche, abhängig machende Medikamente handelte.

So gibt es Dinge, die wir hinnehmen müssen und nicht verstehen können und keine Erklärungen dafür haben, warum dies oder jenes so ist. Egal, wie lange wir unseren – kleinen – Kopf darüber zerbrechen.

Buchdruck

Der Druckauftrag meines Buches rückte in greifbare Nähe. Meine Lektoren hatten in ihrem Urlaub bzw. in ihrer Freizeit mein Buch gegengelesen, Fehler angestrichen und diese mussten von mir wiederum eingearbeitet werden.

Die Zeichnungen sind wirklich toll gelungen und somit musste nur das Impressum/Quelle, ISBN-Nummer ergänzt werden. Auch hier bin ich sehr lernfähig geworden. Ein völlig neues Gebiet hat sich mir aufgetan: Alles hat seine Vorschriften, selbst der Druck eines Buches. Das Impressum und auch andere Hinweise müssen auf bestimmten Seiten eines Buches erscheinen.

So habe ich erst jetzt bemerkt, dass mein Buch erst auf Seite 7 mit dem Text beginnen darf. Komisch, das ist mir vorher noch nie beim Lesen eines anderen Buches aufgefallen. Wie auch? Man denkt nicht darüber nach, warum jedes Buch erst mit der Seite 7 beginnt. Man schlägt es auf, liest die Inhaltsangabe und los geht es. Doch warum diese freien Blätter? Tja, Vorgaben sind Vorgaben und so beginnt auch mein Buch-Text auf Seite 7.

Mein Mann und ich hatten soweit alles fertig und haben kurz vor dem Absenden festgestellt, dass mein Impressum auf der falschen Seite erscheinen würde. Aber zum Glück hat mein Mann eine Engelsgeduld – er will es auch richtig haben – und hat es korrigiert und sodann wurde mein Buch online zum Verlag geschickt.

Ach, ist das alles spannend: Klappt auch alles so, wie ich es mir vorstelle? Oder eher gesagt: wie ich denke? Wie wird es aussehen? In Auftrag habe ich 200 (!) Stück gegeben, nachdem ich mit Familie und Freunden die Stückzahl beratschlagt hatte. Oder war das doch zu viel?

Zu spät! Auftrag abgeschickt, jetzt heißt es warten, bis der Postbote klingelt und mir ein großes, dickes und bestimmt sehr schweres Paket bringt.

Woche 63

Postbote

Der Postbote klingelte und er brachte zwei große – sehr große – und auch richtig schwere Pakete. Ach, es war so aufregend…. <u>Meine</u> Bücher sind da!

Ich war aufgeregt wie am Geburtstag, nein eher noch wie an Weihnachten. Früher als kleines Mädchen war die Spannung so groß und man hielt es vor Neugier kaum aus, bis die Geschenke (hier: die Pakete mit meinen Büchern) endlich ausgepackt waren.

Vorsichtig trenne ich das Klebeband durch und öffne den ersten Karton: Darin waren meine ersten 100 (!) Bücher. Puh, es waren soooo viele. Aber bestellt ist bestellt.

Woche 64

Wiedereingliederung

Die neue Woche begann und ich nahm meinen Termin bei der Krankengymnastik wahr und war gespannt auf den kommenden Tag – der erste Tag meiner Wiedereingliederung.

Mein erster Arbeitstag! Endlich war es soweit: ich durfte wieder arbeiten gehen. Ich war schon sehr aufgeregt – nach so langer – unfreiwilliger Pause – wieder an den Arbeitsplatz zurückkehren zu dürfen.

Seltsame Gefühle kamen auf. Werde ich alles bewältigen können? Schaffe ich diesen Weg von zu Hause alleine zur Arbeit? Wieder mit der U-Bahn fahren, da wird einem schon mulmig. Es hat sich bestimmt manches verändert, doch auch Neuem muss ich positiv entgegensehen. Mein

Passwort ist sowieso zu erneuern und vieles andere mehr ist wieder zu üben.

Da kam er wieder, der schon erwähnte Wirbelsturm in meinen Kopf: Die Gedanken rasten kreuz und quer und waren nicht in eine passende Schublade einzusortieren.

So machte ich mich zeitig auf den Weg zum Bahnhof. Ich fuhr während dieser Zeit der Eingliederung nicht gemeinsam mit meinem Mann im Auto, da ich in der Eingewöhnungszeit nur vier Stunden täglich arbeiten sollte.

Konzert

Deshalb nahm ich das Autochen meiner Tochter und stellte es gewissenhaft am Bahnhof ab. Auf diesem kurzen Weg hörte ich noch im Radio, dass Konzertkarten für den Sänger James Blunt (James Blunt ist ein britischer Singer-Songwriter. Er wurde 2005 durch seinen Nummer 1 Hit „You`re Beautiful" bekannt; Quelle: de.m.wikipedia.org/wiki/James_Blunt) verlost wurden. Es musste nur angerufen werden, wenn ein Titel des Sängers gespielt wird. Als ich beim Aussteigen war, hörte ich einen Song von diesem Sänger.

Ich höre ihn sehr gerne und wählte zwischen dem Abschließen der Autotür und dem Ziehen eines Fahrscheines die Nummer des Radiosenders. Plötzlich meldete sich doch tatsächlich der Moderator und ich war so verdutzt, dass ich nachfragte, ob es wohl zu spät wäre für die Konzertkarten. Dann kam die große Überraschung: Nein, ist noch nicht zu spät. Die Karten sind noch da! Dann kam die Frage, wer ich denn sei und so weiter..... Huch, also an diesem Morgen, meinem ersten Arbeitstag, hatte ich zwei Konzertkarten für denselben Tag gewonnen und völlig aufgewühlt meine Arbeitsstelle erreicht. Dort wurde ich mit großem Hallo begrüßt und fast jeder hatte mich vorher im Radio gehört und von meinem Gewinn erfahren. Das war ein total aufregender Morgen. Die vier Stunden meines ersten Arbeitstages vergingen wie im Flug, nach so langer Zeit war es doch sehr ungewohnt, sich an seinen Schreibtisch zu setzen und zu arbeiten, als ob nichts war. Ich war schließlich 15 Monate abwesend. Doch auch dies hatte ich geschafft und ich freute mich auf den übernächsten Tag, meinen zweiten Arbeitstag.

Stuttgart

Nach der Bestätigung meines Gewinns hatte ich mit meiner Tochter Kristina telefoniert, die zu Hause war, da sie noch Herbstferien hatte. Sie freute sich, dass ich sie auf das Konzert mitnehmen möchte und so verabredeten wir uns nach Beendigung meiner Arbeit in Bad Vilbel an der S-Bahn-Station. Von dort ging es zum Radiosender und wir wurden über den weiteren Ablauf informiert.

Haha, ich ging natürlich davon aus, dass dieses Konzert (ein Ganz-Nah-Konzert mit wenigen Besuchern. Das heißt, nur wenige ausgeloste Personen fahren zum Konzert) in Frankfurt stattfinden würde.

Doch das war weit gefehlt, denn wir wurden mit einem Bus nach Stuttgart (!) gefahren. Wir hatten Snacks, Verpflegung und Getränke aller Art an Bord und nach der Begrüßung und der Vorstellung der einzelnen Gewinner sowie der Bekanntgabe des Ablaufs ging es los. Zum Einstimmen auf das Konzert war selbstverständlich die neue CD von James Blunt zu hören. Zwischenstopp war in

Stuttgart in einem typisch englischen Tee-Geschäft mit leckeren Kostproben und Informationen über England und dessen Tee-Anbau. Ein Foto aller Gewinner wurde geschossen und weiter ging es zum Konzert. Wir hatten super Plätze, wirklich hautnah, man hätte fast auf die Bühne „spucken" können. Rundum war es nur genial und ein unvergessliches Erlebnis für uns beide.

Glücklich, aber doch müde – nach diesem langen Tag – fuhren wir nach Bad Vilbel zurück und dort holte uns mein lieber Stefan nachts um 1 Uhr ab.

Solche – nicht vorhersehbare – Augenblicke und Tagesabläufe lassen sich nicht planen, tragen aber dazu bei, positive Einflüsse zu bekommen.

2. Arbeitstag

Einen Tag Pause hatte ich nach dem ersten Tag der Wiedereingliederung und dem anschließenden gewonnenen tollen Konzert. Ich freute mich, endlich wieder am Arbeitsleben teilnehmen zu können und so fuhr ich freudig nach Frankfurt. Ich erzählte die Erlebnisse des Konzertes und kam wohl aus dem Schwärmen nicht mehr raus. Dann ging es mit Motivation und Elan an die zu bewältigende Arbeit.

Räumlichkeiten

Da ich irgendwann mal so „zwischendurch" erzählt hatte, dass ich eine Lesung machen könnte, kam ich aus dieser „Nur-mal-so-daher-Gerede-Geschichte" nicht mehr raus. Oh ja, das ist eine tolle Idee, mach das, und so weiter, waren die Äußerungen auf meine, so dahin gesagte Idee. Nun gut, ich musste da jetzt durch und überlegte, welchen Veranstaltungsort ich wählen sollte. Für mich war die ortsansässige Bücherei der richtige Ort. Doch nachdem ich durchgerechnet hatte, wer wohl zur Lesung kommen würde, befand ich die Bücherei für zu klein. Diese fasst „nur" 30 Personen und wäre dann auch bis auf den letzten Winkel ausgefüllt. Also welche Möglichkeit habe ich noch? Dann kam die Wasserburg in Nieder-Rosbach ins Gespräch, denn diese kann bis zu 70 Personen aufnehmen. Die Anmietung und alles was damit zusammenhängt, musste ich mit der Stadtverwaltung klären. Deshalb vereinbarte ich einen Termin und wurde bestens beraten. Sicher, so sagte man, könne ich dieses schöne Ambiente der Wasserburg nutzen. So wurde ein Veranstaltungsdatum festgelegt und ich konnte mich auf meinen nächsten – ganz anderen - Termin vorbereiten.

Vorbereiten? Ja, in gewissen Situationen des Lebens bereitet man vor und plant sie auch.

Das ist gut und schön, aber was musste ich für eine solche Lesung, vielmehr meine Lesung und in diesem großen Rahmen vorbereiten? Klar, da waren die Stühle zu stellen, der Raum nett zu dekorieren, das Ambiente sollte für diese Veranstaltung einfach stimmen. Ich wollte es natürlich perfekt haben: die Stuhlaufteilung sollte stimmen, die Raumgestaltung ansprechbar sein und die nette Geste eines Willkommens-Getränkes sollte eine Selbstverständlichkeit sein.

Auch hier sind die guten Freunde wieder gold-wert. An dem Morgen der Lesung kamen pünktlich Jasmin mit Dekorationsmaterial, ebenso Kathrin mit ihren Utensilien. Zu dritt hatten wir unsere Ideen sehr gut umgesetzt und schon beim Betrachten des Raumes kam eine nette Atmosphäre auf. Der Abend konnte nur gelingen. Natürlich wurden weitere Getränke besorgt und als Snack in der Pause sollten verschiedene Knabbereien und selbstgebackene Brezeln sorgen. Alle Familienmitglieder waren eingeteilt und jeder hatte seine Aufgabe bekommen.

Ich muss hier nochmals ein dickes Lob an alle aussprechen: Ohne diese Unterstützung meiner Lieben hätte ich diesen tollen Abend nicht so gestalten können. Danke! Es war viel vorzubereiten, zu planen und auch umzusetzen. Alles sehr aufregend, doch im Nachhinein kann ich stolz sagen: Dieser Abend bleibt unvergesslich.

Anfang November

Lesung

Der Abend kam und ich hatte mich so gut vorbereitet, so wie ich es konnte. Ich ging zu Hause ein paarmal die von mir mit Post-it (= Klebezetteln) gekennzeichneten Lese-Stellen im Buch durch, steckte meine Karteikarten ein, auf denen ich kleine Redehilfen vermerkt hatte, ebenso verstaute ich Bücher-Exemplare in tragbare Kisten. Natürlich hatte ich meine Signierstifte eingesteckt, den guten Zwirn angezogen und dann auf in den Kampf. Nein, so darf ich es nicht nennen, es ist kein Kampf, aber ungewohnten Sachen sieht man doch eher skeptisch entgegen. Ich war einfach gespannt, wie alles verlaufen würde.

Es kam etwas völlig Neues auf mich zu: Oh je, oh je, was habe ich mir nur dabei gedacht?

Der Raum füllte sich, die Leute kamen alle. Schließlich waren alle Karten verkauft. Jeder nahm Platz und die Dame der Bücherei kündigte mich an und wünschte allen einen schönen Abend. Auch hier bleibt die Zeit bekanntlich nicht stehen.

Da stand ich nun an meinem schön dekorierten Tisch: weiße Tischdecke mit farblich abgesetztem Tüll, meine Wolle mit Stricknadeln zur Verdeutlichung, hübsche Teelichter und auch meine verschieden farbigen Krücken zu Deko-Zwecken. Ein paar Bücher-Exemplare dazu und es sah wirklich perfekt aus.

Nun schauten alle 70 Augenpaare gebannt und erwartungsvoll auf mich. Ich schaute zurück, bedankte mich für die nette Ansage und begann dann mit einem nicht vorbereiteten Satz, so ähnlich wie: „ Oh jetzt bin ich doch aufgeregt, so viele Leute!, aber, ich kenne ja alle" (das entlockte doch ein Schmunzeln) und ich begann zu erzählen, so wie ich es für mich – im Zimmer zu Hause - durchgegangen war. Ich stellte mich vor, obwohl mich ja jeder kannte, fing an vom Anfang des Sturzes zu erzählen und wie es dazu kam, ein Buch darüber zu schreiben.

Hier möchte ich anmerken: Mir kam zugute, dass ich schon viele Lesungen mit Freundinnen besucht hatte, mir so manches abgeguckt habe und dies hier umzusetzen versuchte.

Dann folgte ich systematisch meinen markierten Lese-Stellen. Zwischendurch erzählte ich das eine oder andere frei und es funktionierte einfach wie von Zauberhand. Die kurze Verschnaufpause diente zum Signieren der Bücher, eine kurze Unterhaltung mal hier und dort oder auch etwas zu trinken. Weiter ging es in die zweite Runde. Meine Familie hatte einen Full-Time-Job durch mich. Brezeln backen, Getränke ausschenken, Bücher verkaufen und so weiter.

Nach Lesungs-Ende folgte ein wohltuender Applaus, meine älteste Tochter sowie meine Schwester kamen zu mir nach vorne und überreichten mir jeweils mit guten Wünschen einen herrlichen Blumenstrauß.

Ich war überwältigt, von all den Menschen, die Gefallen daran hatte, meine Geschichte zu hören. Und mein Buch lesen wollten. Die positiven Eindrücke und Gespräche an diesem Abend bestätigten mein Vorhaben der letzten Wochen bzw. Monaten.

Irgendwann geht auch ein so schöner Abend vorüber, der Raum leerte sich und als die Besucher gegangen waren, saß meine Familie, ich und die zwei guten Feen vom Morgen noch beieinander und wir stießen auf einen super gut gelungenen Abend an. Dann war es Zeit, nach Hause zu fahren, jeder hing seinen Gedanken nach und es war auch an diesem Tag mal Zeit, schlafen zu gehen.

Resturlaub

Ich ging meinen geregelten Arbeitstagen nach und nahm natürlich meine Krankengymnastik und sonstigen Termine weiter wahr. Es war nicht immer einfach, alles unter einen Hut zu bringen.

Nun musste mein Resturlaub irgendwie noch verteilt werden. Es stellte sich heraus, dass ich noch vier Wochen (ur-) alten Urlaub hatte. Wir einigten uns darauf, dass ich diesen nun ab Ende November nehmen sollte und kurz vor der Weihnachtszeit wieder arbeiten gehe, damit meine Arbeitskolleginnen ihren geplanten Urlaub für Weihnachten und Silvester nehmen könnten. Ich war schließlich so lange zu Hause und freute mich einfach, am Arbeitsleben wieder teilnehmen zu können.

Ende November

Nikolausmarkt

Ich hatte mich dazu entschlossen, an unserem jährlichen Nikolausmarkt auf dem Marktplatz teilzunehmen. Das heißt, man bekommt ein Holzbüdchen aufgestellt, dieses richtet man sich entsprechend mit Heizstrahler und auch netter Dekoration ein, legt seine Verkaufsware hin und los geht's. Es ist alles eine neue Herausforderung, doch geht so die Zeit herum und man ist wieder mal von seinen alltäglichen Problemen abgelenkt. Ich hatte die letzten Wochen genügend Zeit, für diese Veranstaltung Schals fertig zu stellen. Selbstverständlich habe ich auch mein erstes Buch angeboten. Das Hüttchen hatte ich mir mit einer Bekannten geteilt, so dass die Kosten nicht so hoch waren und zusammen in einem Verkaufsstand macht alles doch mehr Spaß und Freude. Samstagmorgen war das Einrichten der Hütte angesagt, nachmittags wurde der Markt eröffnet und dann wartete man gespannt auf die Leute, die vorbeikamen, die handgefertigten Sachen schätzten und schließlich das eine oder andere Stück mitnahmen. Am Sonntag war ebenfalls geöffnet und abends hieß es aus- und wegräumen, damit die Hütte zum Abtransport bereitstand.

Alles in allem wieder eine neue Erfahrung, die man nicht missen möchte.

Die Vorbereitung war anstrengend, jedoch dazu die netten Menschen, die sich Zeit nahmen, über die gefertigten Sachen zu sprechen und einfach Interesse zeigten, erfüllten mich mit Stolz.

Es geht bei solchen Mitmach-Aktionen nicht um das Verkaufen und Verdienen. Denn jeder weiß, dass Handarbeit nicht zu bezahlen ist. Die benötigten Stunden für die Fertigstellung der einzelnen Handarbeitsstücke, das Material und auch der sonstige Aufwand kann materiell nicht annähernd beglichen werden. Aber es ist die Freude, etwas zu fertigen und auch sein Können unter Beweis zu stellen. Wenn man dann noch Menschen antrifft, denen das Selbstgefertigte gefällt und es für sich oder zum Verschenken erwerben, ist es ein gutes Gefühl und ich war mit diesem Wochenende vollends zufrieden und glücklich.

Dezember

Der letzte Monat im Jahr. Wieder einmal neigt sich das Jahr dem Ende zu, der Monat Dezember ist angebrochen und es stand fest, dass mein Mann noch dieses Jahr operiert werden sollte.

Nein, dies ist keine neue Geschichte! Nur dieses Erlebnis hat uns im letzten Monat des Jahres begleitet und ich möchte es nicht unerwähnt lassen.

Es war mir alles bekannt und ging den normalen Weg: für mich war es fast wie ein Déja-vu. Vorgespräch beim Arzt,

Terminvereinbarung in der Klinik und dann die Operation. Die OP verlief gut – ohne Sarkasmus - wirklich gut und meinem Mann wurde zugesichert, in ein paar Tagen zu Hause zu sein.

Das war was für mich! Ich bin mittlerweile doch sehr skeptisch geworden mit solchen Zeit-Prognosen. Aber ich wollte nicht als Pessimistin dastehen.

Deshalb erwiderte ich meinem Mann gegenüber vorsichtig, dass er sich einfach auf eine längere Zeit – vielleicht zwei Wochen – einrichten solle, damit er nicht enttäuscht sei, wenn es sich zeitlich nicht so entwickelt, wie angedacht.

Ich hatte meine Erfahrungen gesammelt – und das über einen sehr viel längeren Zeitrahmen, als jemals nur angenommen -, so dass es nur meine gut gemeinte Bekundung war. Er lächelte und sah zuversichtlich auf die (kurzen) genannten Tage. Aber was soll ich noch erzählen? Auch bei Männern läuft es nicht immer so, wie vorausgesagt. Der Aufenthalt beinhaltete All-Inklusive ganze drei (!) Wochen (nicht Tage) und er wurde kurz vor Weihnachten nach Hause entlassen. Das nur nebenbei zum Thema: paar

Tage oder kurz.....Doch die Heilung und auch Kontrolluntersuchungen verliefen völlig normal und es war alles sehr zufriedenstellend.

Ist doch schön, wenn die Dinge einfach ihren normalen Ablauf haben. Der Ball rollt seine geraden Bahnen und wird hin und wieder in eine feste Richtung gelenkt. Ab und zu scheint der Zuwurf auch zu klappen!

Dezember

Woche 73

Weihnachten stand vor der Tür. Kein Stress, keine Panik beim Einkaufen und auch die netten Kleinigkeiten, die geschenkt werden, nimmt man gerne entgegen und freut sich, diese besinnlichen Feiertage im Kreise der Familie zu verbringen. Einfach in gemütlicher Runde beisammen sitzen, gutes Essen genießen und Zeit miteinander zu haben. So geschah es bei uns in dem letzten Monat des Jahres und schauten zuversichtlich in das neue Jahr.

Besser!

Gut ist etwas anderes

Ich werde oft gefragt:

„Na, was macht Dein Fuß (oder auch Huf – mit einem Grinsen im Gesicht)?" oder nur: „Wie geht's Dir?"

Ich antworte nicht nur: Es geht…

Nein, ich antworte ehrlich:

„Besser, gut ist etwas anderes!"

Denn ich kann wieder

- ➢ laufen
- ➢ meine Krücken zu Hause lassen
- ➢ Auto fahren
- ➢ die Arbeit und den Alltag weitgehend – mit Rücksicht auf meinen Fuß – bewältigen

Selbst jetzt (nach 3 Jahren!!) sind meine Behandlungen nicht abgeschlossen. Ich bekomme regelmäßig Krankengymnastik, ebenso auch Lymphdrainage. Auch die Kontroll-Termine bei meinem Durchgangsarzt und

Schmerzambulanz sind fester Bestandteil meines Lebens. Ich nehme sie dankbar an, da es förderlich ist und ich merke, dass es notwendig ist.

Lebensgefühl

Ein gutes Lebensgefühl und meine Lebensfreude habe ich nach einer so langen Zeit des Entbehrens und der Schmerzen nie verloren. Das Gefühl, am Leben teilnehmen zu können, verbessert das eigene Wohlbefinden enorm und wirkt sich positiv auf meine Mitmenschen aus.

Geht es einem besser, ist das ganze Verhalten dementsprechend besser oder gut. Ist das Allgemeinbefinden nicht stabil, also man ist angeschlagen – wie in meinem geschilderten Fall über längere Zeit - dann ist der gesamte Gemütszustand nicht wirklich zum Besten bestellt. So ist das mit der Gefühlswelt des Menschen. Man kann es selbst nicht immer verstehen, doch muss man auch da seinen Weg finden.

Auch nach einem langen Spaziergang im Urlaub am Meer, weiß ich, dass dies für mich gesundheitlich nicht gut ist.

Aber: Das eigene Lebensgefühl, sich frei bewegen zu können, herzhaft zu lachen, Unternehmungen mit der Familie machen zu können, ist vorrangig vor jeglichen Schmerzen und hat eine hohe Priorität. Notfalls müssen die vorhandenen Schmerzmittel herhalten. Diese Option wähle ich, damit manche Bewegungsabläufe in bestimmter Weise durchführbar sind.

Auf Schmerzmittel- bzw. -pflaster und auch meinen Stützstrumpf werde ich wohl nicht mehr verzichten können und diese werden mich weiter begleiten.

Doch ich habe versucht, einen Weg, der auf mich und meine Verletzung passt, zu finden und diesen werde ich zukünftig gehen und sage: Das Leben ist zu schön, um in der Ecke zu sitzen und nur Trübsal zu sinnen oder sich am öffentlichen Leben nicht mehr zu beteiligen. NEIN, ich möchte trotz allem teilnehmen. Denn vom Nichtstun verbessert sich der Ist-Zustand in keinster Weise.

FERRDISCH

Ferrdisch ist hessisch und heißt zu hochdeutsch: Fertig.

Ich habe mein letztes Kapitel so genannt, da alles irgendwie einmal fertig sein muss oder zu einem Ende zu führen ist.

Jedes Buch hat irgendwann mal ein Ende, einen Schluss erreicht. So auch meines.

Sicher: Ich hätte noch genügend Erlebnisse welche ich aufschreiben könnte. Doch einmal muss die Grenze gezogen werden, wo man sich sagt, hier beende ich das Weiterschreiben, ich schreibe den Schluss des Buches.

Mit meinem Wiedereinstieg in die Arbeitswelt, dem Zurechtfinden im Alltag und diesem Monat Dezember in diesem so ereignisreichen Jahr, möchte ich meine Geschichte beenden.

DANKSAGUNG

DANKE an alle, die mich auf meinem Weg unterstützt haben:

>Meine tolle Familie,
>
>treuen Freunde,
>
>meine Lektoren,
>
>meiner Zeichnerin
>
>sowie Sie, liebe Leserinnen und Leser.

Heike Jakobs